ベリーズ文庫

不遇な転生王女は難攻不落なカタブツ公爵様の花嫁になりました

狭山ひびき

JN172957

STARTS
スターツ出版株式会社

目次

不遇な転生王女は難攻不落なカタブツ公爵様の花嫁になりました
プロローグ……8
一章　悪役令嬢は考える……14
二章　悪役令嬢はお見舞いスチルを手に入れたい……59
三章　悪役令嬢、ドレスを買う……101
四章　悪役令嬢、ダンスパーティーで注目を集める……125
五章　悪役令嬢、お茶会にお呼ばれする……176
六章　悪役令嬢と父を名乗る男……213
七章　悪役令嬢、メイドになる！……226
エピローグ……266
特別書き下ろし番外編
王太后クレメンティンの招待……284
あとがき……308

不遇な転生王女は難攻不落《カタブツ》な公爵様の花嫁になりました
ツン成分多めな冷徹公爵
…… ランドール・ヴォルティオ ……
若くして公爵家当主となった生真面目な青年。
父は王弟で、国王の甥にあたる。乙女ゲーム「グラストーナの雪」で5人いる攻略対象者のうちのひとり。従妹のキーラに嘘を吹き込まれソフィアの出自を疑っていたものの、彼女の素直でひたむきな性格に惹かれていき…!?
中身は乙女ゲームオタクの王女
…… ソフィア・グラストーナ ……
母が亡くなるまで父の存在を知らず、14歳まで庶民として育ったグラストーナ国の第二王女。ゲーム内では悪役令嬢ポジションで、ランドールとの婚約破棄＝破滅エンドが待っているため、先手を打って彼と結婚することに。前世で最推しだったランドールの妻になり、毎日が楽しくて仕方ない！

ソフィアの女性護衛官

オリオン

ソフィアと同じく転生者で、なんと前世の親友であることが判明。ソフィアの破滅を回避するため作戦を練りはじめる

性格に難ありな第一王女

キーラ・グラストーナ

「グラストーナの雪」の正ヒロインで儚い雰囲気の美少女だが、実は表と裏の顔が激しく、ソフィアを徹底的にいじめる

ミステリアスな伯爵令嬢

アリーナ・レガート

キーラに濡れ衣を着せられそうになっていたソフィアを助けてくれた冷静沈着な令嬢

ソフィアの専属侍女

イゾルテ

気さくなソフィアを慕っており、彼女を美しく着飾ることに情熱を注いでいる

人望の厚い淑女

ローゼ夫人

社交界で王妃と派閥を二分する公爵夫人。ソフィアを気にかけ、お茶会に誘う

ランドールの友人

カイル・レヴォード

見目麗しい青年で、ローゼ夫人の息子。城で見かけたソフィアに好感を持っており…!?

乙女ゲーム「グラストーナの雪」とは?

ヒロインであるキーラ・グラストーナと5人の攻略対象者によって織りなされる人気乙女ゲーム。イギリスのヴィクトリア朝をモチーフにした華やかな世界観で、攻略本や設定資料集などが発売されるほど人気を博した

不遇な転生王女は難攻不落な
カタブツ公爵様の花嫁になりました

プロローグ

ゴーン――

重厚な鐘の音が、厳《おごそ》かに響き渡る。

グラストーナ国。

王都にある荘厳な大聖堂の鐘の音に、グラストーナ国第二王女ソフィア・グラストーナは緊張でぴしりと背筋が伸びるのを感じた。

純白のドレスに、白いレースのベール。艶《つや》やかな金髪はひとつにまとめられて、瞳の色と同じエメラルドの髪飾りで留められている。

二の腕の中ほどまであるシルクの手袋には、銀糸で緻密《ちみつ》な刺繍《ししゅう》が施されてあった。気の弱い父王が、珍しく王妃の反対を押し切って仕立てさせたソフィアのウエディングドレスは、国内で一番有名なデザイナーのフルオーダーメイド品だ。いったいいくらするのか、怖くて訊《き》くことすらできなかった。

鐘が三回鳴り響いたあとで、目の前の壮麗な観音開きの扉が開く。

ゆっくりともったいつけるように開かれた扉の奥は、最大収容人数五百人という、とんでもなく広い礼拝堂だ。最奥は緻密なステンドグラスに彩られ、高いドーム型の天井には四大神と天使の絵が描かれている。

まっすぐ一直線に敷かれた赤い絨毯《じゅうたん》の上を、父親である国王とともに進みながら、ソフィアはベール越しに、ソフィアを待つ礼服姿の赤毛の男を見やった。

今日をもって、ソフィアの夫となるランドール・ヴォルティオ公爵である。

「緊張しているのかな？」

隣の国王が小さく笑ったのがわかった。

花嫁がヴァージンロードを親とともに歩く文化はこの国にも確かに存在するが、国王は基本的に娘をエスコートしないものらしい。王は最前列で泰然《たいぜん》と構えて見守るものだと誰かが教えてくれた気がするが、なにがなんでも一緒に歩くのだと言って聞かなかった父は、恐縮して首を垂れる招待客を見て満足そうだ。

「みんな俯《うつむ》いているから少しくらいへまをしても気がつかないよ」

そういう問題ではない気がするが、これは父なりの気遣いだろう。

ソフィアは拝堂内を埋めつくす参列者を見渡してから、微笑とも苦笑ともつかない笑みを浮かべる。

（王妃とキーラとヒューゴは当然来ていないわね。……ランドールの両親が来ていな

いのは残念だけど……ま、そうよね。だってわたし、悪役令嬢だもの)

王妃は、国王が浮気心を起こして誕生したソフィアを毛嫌いしているし、彼女の子である王女キーラ・グラストーナも、王子ヒューゴ・グラストーナもソフィアのことを〝汚らしい庶民〟だと言って憚《はばか》らない。当然、ソフィアの結婚を祝福するはずもなく、結婚式は欠席だ。

ランドールの両親も、ランドールが家督《かとく》を継いでからは領地で静かに暮らしているそうで、結婚式のためにわざわざ王都に来てはくれなかった。父王によると、都合がつかないと言っていたが祝福していたよ、とのことであるけれど——本当のところはよくわからない。

なぜならソフィアは悪役令嬢——乙女ゲーム『グラストーナの雪』でヒロインをいじめる性格の悪い女、という設定なのだから。

(でも、ゲームのプロローグがはじまる前に結婚かー。これで話の展開が変わってくれるといいけど……そう簡単じゃあなさそうね)

祭壇の前にたどり着いて、ソフィアは父親のもとを離れて新郎の隣に立つ。

こっそり背の高い彼の表情を確認すると、思いっきり仏頂面だった。とてもではないが、今日結婚する新郎の表情とは思えない。あきらかに不機嫌そうだ。結婚を取り仕切る大司祭も、ランドールのしかめっ面に戸惑っている。

（表情くらい取り繕ってくれてもいいのにね……って、無理か、ランドールだし）

晴れてランドールとの結婚にこぎつけたソフィアだって、彼が望んで結婚を選択したわけではないことを知っている。

ランドールはソフィアのことを嫌っているし、ソフィアの異母姉で『グラストーナの雪』のヒロインであるキーラの〝ソフィアは偽物の王女〟という言葉を信じているから、この結婚を忌々《いまいま》しく思いこそすれ、喜んでいるはずがないのである。

現に、結婚式の準備には、ヴォルティオ公爵家の使用人を貸し出しはしたものの、本人はまったく無関心で、勝手にしろと言わんばかりだった。

大聖堂で大々的に結婚式を挙げることだって、国王のごり押しで実現したことであり、ランドールは式すら挙げる必要がないとばかりの態度だったのである。

普通の公爵ならば国王や王女に対するこの態度だけで首が飛びかねないほどの大惨事だろうが、王の甥《おい》であるランドールはどこ吹く風で、どれだけ王が苦言を呈そうと生返事ばかりしていたというのだから、ある意味すごい。

「新郎、ランドール・ヴォルティオ。あなたはソフィアを妻とし、健《すこ》やかなるときも、病《や》めるときも、妻を敬い、慰め合い、ともに助け合って、その命ある限り愛することを誓いますか？」

「…………」

（ちょっと！）

大司祭がお決まりの誓いの言葉を言ったのに、沈黙する新郎がいるか！

想定外の展開に冷や汗をかいていると、ちらりとソフィアを見下ろしたランドールが、ぐっと眉間に皺《しわ》を寄せて、不服そうな表情で、ぼそりとつぶやいた。

「……誓います」

（絶対誓ってないよね⁉）

心の中で盛大なツッコミをしつつ、大司祭がソフィアにも同じことを訊ねてきたので、ランドールへの意趣返しも含めて元気よく「誓います！」と答えてやる。

ふふんっと得意げにランドールを見上げると仏頂面がさらにひどくなった。視線が絡むと、彼はぷいっと顔を背けて、さっさとよこせとばかりに大司祭から羽ペンを受け取ると、結婚宣誓書にサインをする。

ソフィアもサインをして、さあ、誓いのキスだとドキドキしはじめたとき、ランドールがふいに振り返った。そして――

（ちょっとおおおお！）

ソフィアは心の中で悲鳴をあげた。

ランドールは、これで自分の役目は終わったとばかりに、ソフィアが歩いてきたヴァージンロードをすたすたと出口に向かって歩きはじめたのである。

ぽつんと取り残されたソフィアは、青くなっている大司祭と顔を見合わせて茫然《ぼうぜん》と立ち尽くす。

慌てて参列席の最前列に座っていた国王が立ち上がり、結婚式の終わりと、新郎は急ぎの用ができて退出すると、なんとも苦しい言い訳をする。

披露宴会場へ向かうため、ぞろぞろと参列客が退出し、大聖堂の中に国王とソフィア、そして大司祭だけが取り残されると、ソフィアは思わずその場に膝をついた。

（……やられた！）

せっかくの晴れ舞台だったのに、帰りやがった！　悲しいのか悔しいのか腹立たしいのかもわからずに、ソフィアはベールを脱ぎ捨てると、絶叫した。

「覚えてなさいよ――！　絶対振り向かせてやるんだから――――！」

高い天井に自身の叫び声が吸い込まれていくのを感じながら、ソフィアはおよそ二年と半年前のことを思い出した。

一章　悪役令嬢は考える

「あそこにいる庶民を追い払ってちょうだい、不快だわ」

これ見よがしなため息とともにふいに聞こえてきた声に、ソフィア・グラストーナは顔を上げた。その拍子に、くしで梳《と》かしただけの緩く波打つ金髪がふわりと揺れる。

エメラルド色の大きな瞳を読んでいた本から上げて、声がしたあたりを振り返ったソフィアは、そこに立っている数か月違いの異母姉の姿を見つけて、聞こえなかったふりをすればよかったと後悔した。

グラストーナ城へ連れてこられて三か月が過ぎた、夏の早朝。

気分転換に城の前庭にある古くて小さな四阿《あずまや》で本を読んでいたときのことである。

この城に来たころには明るい赤紫色の花をつけていた四阿のそばのライラックの木は、すっかり青々とした葉を生い茂らせていて、四阿の中に影を落とす。

城の前庭の端にある古い四阿にはあまり人が近寄らないから、ライラックの木の影の効果もあり、ソフィアはひとりになりたいときに利用していたのだが、今日に限って、城の中で一、二を争うほど会いたくない人物に会ってしまった。

夏用の扇《おうぎ》を広げて顔を半分隠し、わざとらしく視線を明後日の方向に向けて立っていたのは、三人の侍女を連れた異母姉、キーラ・グラストーナ。背中までのまっすぐな金色の髪にサファイア色の瞳の、グラストーナ国の第一王女である。

「まったく、どうしてわたくしの城の中を、卑《いや》しい庶民が我が物顔で歩き回っているのかしら」

つぶやきとは程遠い大声だ。わざとソフィアの耳に入るように言っているのは明白だった。

(こんなところ、来たくて来たんじゃないわよ)

ソフィアは内心で毒づくと、面倒事に巻き込まれる前に立ち去ることにした。キーラに関わるとろくなことがない。グラストーナ城へ連れてこられて三か月、ソフィアは嫌というほど身に染みていた。

読みかけの本をぱたんと閉じると、ソフィアは無言で立ち上がる。しかし、立ち去ろうとしたソフィアを、キーラの三人の侍女がぐるりと取り囲んだ。

どういうつもりだろうか。ソフィアは眉を寄せた。

卑しい庶民だと蔑むほどに嫌っているソフィアの顔など見たくないだろうから立ち去ってやろうというのに、わざわざソフィアの進行方向を塞《ふさ》ぎにかかる意味がわからない。

目が合えば、キーラは扇の下で薄く笑った。

「あなたが座ったせいでベンチが汚れちゃったわ。綺麗《きれい》に掃除しなさい」

キーラではなく、侍女のひとりが言った。言っておくが、ソフィアはベンチの上に土足で上がったわけでも、飲食をして食べ物や飲み物をこぼしたわけでもない。ただ座って本を読んでいただけだ。ベンチのどこが汚れているというのだろう。

（お嬢様たちからすれば、庶民が触れたものは全部汚れたものということになるのかしらね）

王族の侍女は基本的に貴族令嬢が務める。貴族令嬢の侍女たちからすれば、市井育ちで、キーラが〝庶民〟と蔑むソフィアは王女の枠に入らないらしい。王がソフィアに王女を名乗らせている以上、ソフィアは彼女たちより身分が上なのだが、この城に出入りしている貴族の大半はソフィアのことを〝卑しい庶民〟だと思っているらしいので文句をつけたところで仕方がない。

（王女になんて、なりたくてなったわけじゃないわよ）

そう、声に出して言えればどんなにいいだろうか。誰が好き好んで、毎日ストレスで胃に穴が開きそうな環境に身を置くというのだ。

ソフィアはちらりとベンチの上に視線を落とした。

「どこが汚れているのかしら」

「あら、庶民は目も悪いみたいね」

「そこが汚れて見えるなら、目が悪いのはあなたの方だと思うわよ。典医にでも見てもらえばどうかしら」

嫌みを言われ、進行方向も塞がれて腹が立ったソフィアがそう言い返せば、侍女のひとりがカッと頬を染めた。

「なんですって？」

「庶民のくせに！」

しまったと思ったときは遅かった。

キーラがいるから気も大きくなっているのだろう、侍女の間を通り抜けようとしたソフィアの髪を侍女のひとりが掴《つか》むと、力いっぱい引っ張った。三か月経ったとはいえ、まだヒールのある靴に慣れていないソフィアは、後ろに髪を引っ張られた勢いで体勢を崩し、たたらを踏んだ。そして、

――ゴンッ。

倒れた先にあったベンチの角で後頭部を強打したソフィアは――

「ソフィア様‼」

こっそり部屋を抜け出したソフィアを探しに来たらしい護衛のオリオンがソフィアの名前を呼びながら駆けてくるのを視界の端に捉えながら、絶叫する。

「うそでしょ――――⁉」

そして、そのまま気を失った。

＊＊＊

「信じられない‼　わたし、ソフィアになってる‼」

半日意識を失って目を覚ましたソフィアの第一声はこれだった。

気を失っていたはずなのに、突如《とつじょ》としてくわっと目を見開いて飛び起き、意味不明な叫びをあげたソフィアに、ベッドサイドの椅子に座ってソフィアの脈を測っていた典医は目を見開いて固まった。

典医の後ろに控えていた、セミロングの黒髪を首の後ろでひとつに束ねた、髪と同じ黒い瞳の女性護衛官オリオンもぽかんとしている。

「嘘《うそ》だ嘘だ嘘だあああああ！　ソフィアになってる！　ソフィアになってるぅうう

うううう！」

「ソ、ソ、ソフィア様、どうされたのですか！」

頭を抱えて絶叫するソフィアに、打ち所が悪くて錯乱したのかと、典医がうろたえはじめた。

ソフィアは王妃の娘ではないとはいえ、国王が認めたこの国の第二王女だ。取り返しのつかない後遺症でも残れば、典医の責任にされかねない。

しかし己の奇行のせいで典医が青くなっているとは気づかないソフィアは、頭を抱えたままごろんごろんとベッドの上をのたうった。

（あり得ないあり得ないあり得ないよぅ！　ソフィアだ、ソフィアだ、ソフィアだあああああ！）

「ソフィア様⁉」

青い顔の典医は涙目になり、大きな医療鞄《かばん》の中から震える手で小瓶を取り出した。

「ち、ち、鎮静剤でございます！　どうかソフィア様これを飲んで、落ち着い――」

「あー、先生も落ち着いて」

いまだかつてこんなに変な患者は見たことがないのだろう。動転する典医の肩をオリオンがぽんと叩《たた》いて、鎮静剤を取り上げた。この鎮静剤は注射で使うもので、服用するものでは断じてない。

「たぶんですけど、これ打っても治らないと思いますよ」

そして、オリオンは素早い動作で転がり続けるソフィアの両肩を掴んで抑え込むと、「あー」とか「うー」とか叫んでいる彼女に向かって、低い声で一言訊ねる。

「名前は？」

「篠原花音《しのはらかのん》、十六歳‼」

思わず前世の名前とついでに享年《きょうねん》を叫んだソフィアは、ハッと両手で口を押さえた。

しかし時すでに遅し。オリオンはソフィアを抑え込んだまま大きく目を見開いて硬直した。

無言で見つめ合うこと数十秒。その均衡《きんこう》をぶち破ったのは、

「典医長――！」

という典医の叫び声だった。

ハッとしてソフィアを解放したオリオンが、慌てて典医を宥《なだ》めにかかる。

そしてどうにか落ち着かせて部屋から追い出し、ソフィアとオリオンのふたりきりになると、突然オリオンが笑いだした。

「ぷっ！　あ、あはははは‼　あーっ、おっかし……！」

ソフィアはギョッとした。確かにあまりのショックに奇声を発してベッドの上を転がったけれど、腹を抱えて笑われるようなことをしただろうか。

茫然としていると、ひとしきり笑ったオリオンが、目尻に浮かんだ涙を拭いながら振り返る。

「あー、なんて言おうかしら……、とりあえず、えっと、十四年ぶり？　でいいのかしらね？」

「は？」

「元気そうでなによりだわ、花音？」

「へ？」

「どうも、あんたの親友、橘《たちばな》由紀奈《ゆきな》です」

ソフィアはくわっと目を見開いて絶叫した。

「えええええええええええええ⁉」

＊　＊　＊

それは、遡《さかのぼ》ること三か月前――

ソフィアは市井で生まれ育ち、十四歳の春までそこで暮らしていた。

しかしソフィアの人生はある日を境に百八十度違うものになる。

それは、母リゼルテが病で息を引き取って二週間後のことだった。ソフィアのもとに、ひとりの男が現れたのである。

ランドール・ヴォルティオと名乗るその男は、二十歳前後の背の高い男だった。赤毛に、はしばみ色の瞳。見るからに高そうな服を着ていて、ソフィアの暮らす狭いフラットの一室には不似合いな気品のある男だった。

小さなテーブルしかない居間に通すと、ランドールはちらりと天井を見上げた。背の高い男には低すぎる天井だから、頭がぶつからないか心配だったのかもしれない。

母が死んだ悲しみを消化できないまま、ぼんやりとソフィアは少し欠けたコップに水を注いで差し出した。お茶の葉は高くて買えないから、出せるものといえば白湯《さゆ》しかない。わずかに眉を寄せたランドールは欠けたコップが気に入らないのかもしれないけれど、それが一番状態のいいコップだった。

母の死のショックで朝も夜も泣き暮らしていたソフィアは、泣きすぎたせいか頭がぼーっとしていて、今の状況がはっきりと理解できていなかった。

髪の毛もいつ洗ったのか覚えておらず、母が好きだと言ってくれた金髪はすっかりごわごわしている。

ただなんとなく、この金持ちそうな人は母の知り合いなのかなと、まとまらない思考でソフィアは考えた。

ソフィアの母は、ソフィアを産む前は城で働いていたと言っていた。そのときに知り合った人かもしれないが、それにしては母とは年が離れすぎている。

ランドールはソフィアの出した水には口をつけず、黙ってじっとソフィアを見つめた。

「……なるほど、似ていないこともない、か」

そして小さく独り言《ひとりごと》ちると、おもむろに立ち上がる。

「陛下からお前を連れてくるようにと言われている。ついてこい」

「……へいか？」

ソフィアはまず、陛下って誰だろうと思った。陛下＝国王とつながらないほどに、泣き暮らしたソフィアの思考は悲しみで麻痺《まひ》していた。

ランドールは眉を寄せ、「その前にまず身なりか」とつぶやいた。

「先に我が家に寄る。ある程度の事情もそこで話そう。いいからついてこい」

「……でも、ここにはお母さんと」

母の遺体は埋葬《まいそう》したが、母と暮らした思い出のある部屋だ。

ソフィアが力なく首を横に振ると、ランドールは片眉を跳ね上げて口を開きかけたが、思い直したように口を閉ざし、ソフィアの両肩にそっと手を置いた。

「持っていきたいものがあったらまとめるといい。どのみち、十四歳のお前がどうやってひとりで暮らすんだ。まともに金を稼ぐことすらできないだろう」

ソフィアはきゅっと唇を引き結んだ。ランドールの言う通り、ソフィアができることといえば、近くで食事処を営んでいる知り合いのところで皿洗いをさせてもらうくらいだ。フラットの家賃を払うだけの賃金は得られないだろう。母との生活もその日暮らしだったため、蓄えはない。ここに住み続けることは困難だった。

しかし、だからといって、一瞬で思考を切り替えるには、このフラットは思い出が多すぎた。

ソフィアがなにも言えず俯くと、ランドールが息を吐いた。

「父親に会いたくはないのか？」

その一言に、ソフィアははじかれたように顔を上げた。

父親。

ソフィアの十四年の人生で、その存在が登場したことは一度もない。

ソフィアは父のいない子供だった。幼いころに父親の存在を母に訊ねたことはあるけれど、母は困ったように笑ってごまかすだけで、どこの誰とは教えてくれなかった。

ただ一度だけ。あれは母が息を引き取る直前だった。『あなたのことは、きっとあなたのお父様が助けてくれるわ』とささやくように告げられたのを覚えている。けれどもそれだけで、どこの誰とは最後までわからなかった。

「お父さん……？」

「本人を前にしたらお父様、もしくは父上とお呼びするように。とにかく、会いたければ支度をしてくれ」

「……おとうさま？　ちちうえ？」

なんだそれ。どこかのお金持ちのお嬢様みたいだ。ソフィアは笑いそうになって、だが失敗した。

母の死に目にも来なかった父が、いったいなんの用なのだろう。そう思うと、絶対に会ってやるものかと意固地になる自分がいた。

けれども母は、ソフィアの父親のことを一度も悪く言ったことはなくて、むしろ死に際には頼るようなことを言っていたと、ソフィアは思い直す。一度も会いに来てはくれなかったけれど、悪い人ではないのかもしれない。

ソフィアは大きく息を吸い込むと、すべての感情を体の外に吐き出すかのように長く息を吐いた。

(荷物……)

予感だが、このまま彼についていけば二度とここへは戻ってこられない気がした。

ソフィアは緩慢《かんまん》な動作でぐるりと居間の中を見渡した。荷物といっても、荷物はほとんどない。欠けた食器に、着古した服。そんなものを持っていこうとしたら、このお金持ちそうな男は怒るだろうか。ソフィアはちょっと考えて、ひとつだけ思い出した。

母とふたりで使っていた寝室へ向かって、母が大切にしていたネックレスを持ってくる。母はお洒落《しゃれ》はしなかったけれど、このネックレスだけは大切にしていた。ソフィアの瞳と同じエメラルド色をした石のネックレスだ。びっくりするほど大きな石なので、イミテーションだろうが、それでも綺麗《きれい》なネックレスだった。

ソフィアが持ってきたネックレスにランドールは目を丸くして、それを見せてくれと言った。イミテーションなんて金持ちのランドールが欲しがるとも思えなかったので素直に差し出せば、ランドールは石ではなくその台座の裏を確かめた。

「なるほど、国庫から消えていたのはこのせいだったのか。売られたらどうするつもりだったんだ、陛下……」

「え？」

「いや、なんでもない。これは大切に……できればしばらくの間は人目に触れないところに持っておけ」

「あ、はい」

イミテーションのネックレスを金持ちの男が大切にしろと言うのは不思議だったが、もとより母の形見だ、大切にするに決まっている。

「それで、持っていくものはそれだけか？」

「……あとは、欠けた食器くらいしかないので」

「そうか」

ランドールはちらりと口をつけなかったコップを見やった。そして、なにを思ったか、おもむろにコップを手にすると、中身を一気に飲み干した。

（……喉が渇いたのかな？）

ソフィアがおかわりが必要かと訊ねると、ランドールは首を横に振ってソフィアに向かって片手を差し出した。

「行くぞ」

ソフィアは一瞬だけためらって、ランドールの手のひらに自分の手を重ねた。

人生初の黒塗りの豪華な馬車にも驚いたけれど、ランドールに連れてこられた邸を見たソフィアは、思わずあんぐりと大きく口を開けて放心した。

信じられないほど大きなお邸《やしき》だ。

広い庭には噴水まであって、庭の中まで馬車で乗り入れると、馬車はソフィアの暮らしていたフラットの部屋がすっぽり入るほど大きな玄関前で止まる。

ソフィアはごくんと唾を飲み込んだ。

「こ、ここにお父さんが……？」

「いや、ここは俺の家だ」

「へ⁉」

声を裏返して凍りついたソフィアをよそに馬車を降りたランドールが、すっと手を差し出してくる。

「まずは着替えをしなくては、その姿ではさすがに城の門をくぐれないからな」

「……しろ？」

「ヨハネス、メイドをふたりほど呼んでくれ。風呂と着替えを。俺は一度城へ戻る」

「風呂？　着替え？」

ソフィアがぽかんとしている間に、強引にソフィアを馬車から引きずり下ろしたランドールは、優しそうな老紳士にソフィアを渡すと、再び馬車に乗り込んでどこかへ出かけてしまった。

なにがなんだかわからないまま戸惑っていると、ヨハネスという名前らしい紳士が、優しく微笑んでソフィアの手を取った。

「私はヴォルティオ公爵家の執事をしております、ヨハネスと申します。どうぞこちらへ」

「……こうしゃくけ？」

またもや耳なじみのない単語が出てきてソフィアが混乱していると、ヨハネスがふたりのメイドを呼んで、彼女たちにソフィアを預けた。

「まずは湯あみを。それから、手の空いたものを捕まえて急ぎドレスを買ってくるように伝えてくれますか。あの様子ですと旦那様もすぐにお戻りになられるでしょうから、急いでくださいね」

「かしこまりました」

「参りましょう、お嬢様」

生まれてこの方お嬢様と呼ばれたことのないソフィアはまたしても困惑したが、メイドふたりに両脇を固められて、半ば引きずられるようにしてどこかへ連れていかれてしまった。たどり着いた先は豪華な部屋だったが、その部屋は素通りで、続き部屋のバスルームに押し込まれると、身につけていたぼろっちい服を問答無用ではぎ取られる。

あれよあれよという間に、もこもこと気持ちのよさそうな泡が浮かんでいる猫足のバスタブに入れられたソフィアは目を白黒させた。

暮らしていたフラットの近くに大衆浴場があったけれど、入浴料が高いので、基本的にソフィアもソフィアの母リゼルテも、濡らした布で体を拭き、たらいに張った湯で髪を洗ったことしかない。バスタブに入ったこともなければ、このようにメイドふたりに手伝われながら湯を使ったこともなくて、どうしていいのかわからない。

バスタブの中で縮こまっていると、メイドのひとりがソフィアの髪を洗いながら言った。

「どうぞ楽にしていてください。すぐに終わりますから」

緊張して楽にできるはずない——そう思ったけれど、母が他界してからずっとまともに眠れていなかったからか、湯の温かさと、髪を洗ってもらう気持ちよさに、だんだんと瞼《まぶた》が重たくなっていく。

　こくりこくりとソフィアが舟をこいでいる間にメイドふたりは彼女の髪と体を洗い終えて、ソフィアの体をバスタブからひょいと抱え上げた。その拍子に目を覚ましたソフィアだったが、貧乏生活で食べるものも少なかったソフィアの体は平均的な十四歳女子よりも大分軽く、簡単にバスルームの外へ運び出されてしまう。

「もうじきドレスが届きますから、それまでバスローブで我慢していてくださいね」

　メイドは申し訳なさそうに言うが、ソフィアがさっきまで着ていた服よりもバスローブの方が何倍も上等だった。逆にソフィアの方が、こんなにふかふかと気持ちのいいバスローブを着せてもらっていいのだろうかと不安になる。

「髪を乾かしましょうね」と言われて、メイドがタオルで髪の雫《しずく》を拭ってくれるけれど、そのタオルも信じられないくらいにふかふかで、ソフィアはだんだん現実と夢の区別がつかなくなってきた。これは夢ではなかろうか。母が死んで絶望しすぎたせいで、意味不明な夢を見ているに違いない。

　夢なら放っておけばそのうち覚めるだろうかとぼんやりしていると、メイドが言った通り、一着のドレスが部屋に届けられた。ソフィアの瞳と同じエメラルド色のドレスだった。

（すごい、あれ一着でわたしとお母さん、何年も暮らせるんじゃないかな？）

物の価値に疎《うと》いソフィアでもわかる高そうなドレスだ。生地は光の加減で微妙に色を変え、リボンやレースがふんだんにあしらわれている。襟元に縫い付けられているのは本物の真珠だろうか。大粒の真珠が、一、二……八個もある。あれ一個で何か月も食べていける気がする。

すごいなあと思っていると、ドレスの検分を終えたメイドが「既製品だからこんなものね」とつぶやいた。まるで期待外れだったような発言にソフィアはギョッとする。

「お嬢様はもっと可愛《かわい》らしいものが似合いそうですけど、仕方ありませんね」

そう言いつつ、メイドふたりがソフィアのバスローブをはぎ取った。どうやらあの高そうなドレスをソフィアに着せるつもりらしい。

（いやいや、あんな金持ちのお嬢様みたいな服、絶対に似合わないから！）

ソフィアは慌てるも、人の世話に慣れているメイドはソフィアの抵抗などものともせず、ソフィアにドレスを着せて絨毯の上に立たせると、ぐるりと彼女の周りを一周して頷《うなず》いた。

「丈は大丈夫そうですね。襟元もウエストもリボンで調節できるようですし」

「これだけ細ければコルセットも必要なさそうですね。さ、次は髪を整えましょう。失礼ですが顔色が優れませんので少しお化粧したいのですけど、化粧品でお肌が荒れたことはありますか？」

荒れるもなにも化粧品自体使ったことがない。ソフィアが戸惑いつつも首を横に振れば、メイドに促されてドレッサーの前に座らされた。

部屋に入ったときも不思議だったが、ここはランドールという人の妻の部屋だろうか。家具の形や色が女性が好みそうなもので統一されているし、ドレッサーまである。他人の部屋を勝手に使ったような気になって、不安に思ったソフィアがメイドのひとりに訊ねると、彼女はくすくすと笑いながら教えてくれた。

「旦那様は独身ですよ」

「ええ。爵位を継いでから難しい顔をされることが多くなりましたので、実年齢より上に見られがちですけど、まだ二十一歳ですからね」

「そろそろそういったお話も出てくるかもしれませんが、お立場がお立場なのでお相手は慎重に選ばなければなりませんし」

「お立場？」

ヨハネスが確かヴォルティオ公爵家と言っていた。ソフィアは爵位に詳しくはないが、公爵家がお貴族様だというのはわかる。貴族は結婚相手を選ぶのも大変なのだろうかと首をひねっていると、メイドのひとりが教えてくれた。

「旦那様は国王陛下の甥御様でございますからね」

「下手な貴族令嬢はお相手に上りません」

「こくおうへいか……え、国王陛下⁉」

ソフィアはぎょっと目を見開いた。そういえばランドールが何度か陛下と言っていたが、あれは国王のことを指していたのだろうか。そうに違いない。なぜなら陛下と呼ばれるのは国王その人しかいないのだから。どうして気がつかなかったのだろう。

「有力候補はキーラ王女でしょうか。ですが王女殿下はまだ十四歳ですからね、結婚のお話が出るのもあと一、二年は先でしょう」

「あら、それはどうかしら。旦那様はキーラ王女を妹のように可愛がっていますもの。妹のように思っている方とご結婚はなさらないのではなくて？」

「そうかもしれませんけど、でも、そうなるとほかにお相手が……」

「ほかの公爵家？にはお相手がいないんですか？」

まだあまり話を理解できていないソフィアが何気なく訊ねると、ソフィアの髪を編み込んでいたメイドが教えてくれた。

「ヴォルティオ公爵家は、現在のグラストーナ国で一番位が高い公爵家ですからね。なにせ隠居なさった前公爵様は陛下の弟君ですから。年ごろのお嬢様がいらっしゃる公爵家はあるにはありますが、政治的な面でもややこしい事情がおありなのですよ」

「旦那様はヒューゴ王子に次ぐ王位継承順位をお持ちですから、王子に万が一のことがあった場合、旦那様の奥方が王妃殿下になられる可能性もございますからね、それを考えると適当なところで手を打つことはできないのです」

ソフィアはふーんと頷いたが、難しすぎる話だったからよくわからなかった。するとメイドのひとりが「あら、そうですわ」と笑いだした。

「キーラ王女がだめでも、お嬢様がいらっしゃるではございませんか」

「……ん？」

メイドふたりがキラキラとした目を向けてきたので、ソフィアはきょとんとした。

〝お嬢様〟がどこの誰かはわからないが、ふたりの目はソフィアに向いている。もしかしなくてもふたりの言う〝お嬢様〟はソフィアのことだろうか。

なんのことだかわからずに首を傾《かし》げていると、部屋の扉を叩く音がした。メイドのひとりが扉を開ければ、扉の外にはランドールが立っていた。

「支度は済んだか？　陛下が待ちきれないようだから早く城へ向かいたいんだが」

また、陛下。ソフィアは嫌な予感がしてきた。恐る恐る訊ねる。

「その……、わたしはどこへ連れていかれるんですか？」

すると、ランドールは驚いたように片眉を上げた。

「なにを言って……、ああ、そういえば、まだ教えていなかったか。さすがにあの場で口にすることはできなかったからな」

「はい？」

ソフィアが大きく首を傾げると、髪を結っていたメイドから「動かないでください」と注意が入る。慌てて居住まいを正したソフィアはしかし、次の瞬間、あまりの驚愕《きょうがく》に勢いよく立ち上がった。

「城へ行く。お前の父親は、国王陛下だ」

「なんですって――――!?」

＊＊＊

「ふーん、ソフィア・グラストーナが市井の生まれだって言う〝設定〟は知っていたけど、迎えに来たのはあのランドールだったのねえ」

グラストーナ城のソフィアの部屋。

のんきに紅茶を飲みながら、のほほんとした口調で言うオリオンをソフィアはじろりと睨《にら》みつけた。

キーラの侍女のせいで頭を強打し、典医から絶対安静を言い渡されたソフィアの部屋には、オリオンとソフィアのふたりしかいない。

あのあと、ランドールに城に連れてこられたソフィアは、結局市井のフラットに帰ることは叶《かな》わなかった。

ソフィアの父親である国王陛下が、ソフィアを放したがらなかったせいだ。

そのせいで、その日のうちに城に一室用意されて、次の日にはソフィアの存在は第二王女というありがたくもない付属語とともにグラストーナ国中に知れ渡ることとなったのである。

しかし、ソフィアの人生はそこから順風満帆に、とはいかなかった。

ソフィアの母リゼルテは王妃の元侍女だったが、国王と恋仲になったそうだ。そんな状況に王妃その人がいい感情を抱くはずもなく、リゼルテは城から追い出されて、ひっそりとソフィアを産み落としたのである。そのソフィアを、王妃が歓迎するはずもない。

その結果、国王に与えられたソフィアの部屋こそ取り上げられなかったものの、ソフィアにつけられた侍女や護衛は王妃によって次々と解雇された。残ったのは長年王族の護衛をしている一族で、年が同じであるのをいいことに護衛兼話し相手としてソフィアのそばにつかされたオリオンただひとりのみ。

「……まさか、オリオンが由紀奈だったなんて」

「それを言うなら、ソフィアがあんただったとは思わなかったわ。あ、ついさっき記憶を取り戻したんだっけ？　ぷっ、ウケる」

「笑い事じゃないでしょ‼」

ソフィアはソファの上のクッションを、オリオンに向かって投げつけた。けれどもさすが護衛官。ひょいと軽々かわしてくれるから腹が立つ。

（そういえばこいつ、もともと運動神経めちゃめちゃいいんだったわ。陸上部と剣道部兼部だったし。転生してもそのあたり変わってないのね）

むしろ、王女の護衛官として取り立てられるほどに腕が上がっている。あきれる限りだ。

「由紀奈――紛らわしいからオリオンって呼ぶわ。オリオンが前世を思い出したのはいつ？」

「十歳かな。じい様と剣術の稽古をしているときに打ち所が悪くてねー。あんたと同じように気を失って、目が覚めたら思い出してたってわけ」

「十歳か……、くうっ、わたしも十歳のときに思い出してたら、なんとしてもこの国から逃亡したのに！」

そう――、ソフィアは転生者だった。

覚えているのは、中学一年生からの親友兼ゲーム友達である由紀奈と一緒に高校へ向かうときのことだ。朝、のんびりとゲームの話をしながら歩いていたら、突然大きな地鳴りのような音とともに地面――綺麗に舗装されたアスファルトが消えた。何事かと思ったときには数メートル下に落下して、そのまま意識が暗転――たぶん、そこで死んだのだろう。

（地面が陥没して死ぬとか……。行政！　道路の安全点検を怠《おこた》ってるんじゃないわよ！）

死ぬ直前の光景を思い出して怒りが沸々《ふつふつ》とこみ上げてくるが、問題は道路の陥没であの世行きになったことではなく、転生した先が〝ここ〟だったことだ。

（あーもう、信じられない！　転生先が死ぬ直前まではまってたゲームの中の世界とか、冗談きつすぎる！）

そう。ここはソフィアの前世、篠原花音がこよなく愛した乙女ゲーム『グラストーナの雪』の世界で間違いない。

なぜなら国名も一緒だし、登場人物も三人も合致している。

キーラ・グラストーナ。ソフィアの異母姉で『グラストーナの雪』のヒロイン。

ランドール・ヴォルティオ。ソフィアの従兄で、五人いる『グラストーナの雪』の攻略対象のひとり。

そして――

（ソフィア・グラストーナ。『グラストーナの雪』の悪役令嬢……）

なぜだ、と叫びたい。

あんなにも愛して、全キャラ攻略、スチルも完全制覇、攻略本、設定資料集まで読破した『グラストーナの雪』なのに、どうして転生する先がヒロインではなく悪役令嬢なのか。

ゲームの中のソフィアは十四歳まで市井で暮らし、母の死後、国王に引き取られて城で暮らすようになるが、城での生活になじめず次第に性格がひねくれていく。そして、異母姉であるキーラを強く恨み、キーラを陥れようと画策するようになるのだ。

ゲームのプレイヤーだったときはなんとも思わなかったけれど、実際にソフィアになってみると、実にふざけていると思う。

（そりゃあね！　毎日毎日いじめられてりゃ、性格もひねくれるでしょうよ！）

妾腹《しょうふく》でいじめられて育つソフィアが悪役令嬢で、何不自由なくキャッキャウフフと生活し、ソフィアをいじめて楽しんでいるキーラがヒロイン。シンデレラとは真逆ですか⁉　普通、虐《しいた》げられている方が主人公でしょうよ！

もちろん、ヒロインがいじめをしていましたなんてブラックな設定はゲームの中にも設定資料集の中にもこれっぽっちも登場しないが、この三か月、ソフィアは散々な目に遭ってきたのだ。ソフィアがひねくれて悪役令嬢になる一端を知った。ひどすぎる。

「しっかしまー……、ソフィアか。あんた、前世でなにか悪いことでもしたの？」

「悪いことって、徹夜でゲームして学校に遅刻したとかその程度しか記憶にないわ！　そんなことより、あんたも大概じゃないの！　悪役令嬢の護衛とか、道連れになるのが目に見えてるでしょうに。しかも……ずいぶんと外見が変わったわね」

オリオンというモブキャラはゲームには登場しないが、悪役令嬢と親しかった人間は憂き目に遭うに決まっている。それがわかっているのにどうして逃げないでそばに仕えているのだろう。

運動神経抜群の由紀奈は、剣道で県大会優勝を果たしたとは思えないほどに可愛らしい容姿をしていた。正統派美少女という呼び名がふさわしい顔立ちだったのである。

それなのに、目の前にいるオリオンは、セミロングの黒髪に切れ長の双眸《そうぼう》で、確かに整った顔立ちをしているが、一見すると色白の男にしか見えない男性的な顔立ちだ。

あの可愛さはどこへ消えた。

「んなもん、適当なところで見切りをつけて逃げるつもりだったわよ。ゲームがはじまるまではオープニング前のリアルな『グラストーナの雪』を楽しむつもりだったけど。だいたい、顔でいうならあんたもでしょ。えらい美人に生まれ変わって……ぷっ、よかったじゃないの」

「いいわけあるか！」

ソフィアはぐったりとソファに横になった。

「はー……、いいわね、あんたはオリオンで」

「あんたは災難ね、ソフィアで」

他人事《ひとごと》のように言うオリオンに、ソフィアはイラッとした。

「災難なんて言葉で片付けないでよ！　このままだったらわたし、破滅ルートまっしぐらよ！」

「ご愁傷《しゅうしょう》様。あー、でも、よかったじゃない、リアルなランドールが見れて」

「あ、うん、それは、えへへ……じゃなーい！」

ランドール・ヴォルティオ。『グラストーナの雪』の攻略対象五人のうちのひとりで、なにを隠そうソフィアの前世、篠原花音の最推しの人物だ。

オリオンの言う通り、ランドールを生で見られたのは嬉《うれ》しかったが、今やランドールはソフィアのことを毛嫌いしていて、顔を合わせるたびに睨みつけてくるのだから喜べない。

国王の命令でソフィアを城へ連れてきたときは、ランドールは普通だった。特別いい感情は抱いていないようだったが、ソフィアのことを嫌っているわけでもなかったように思う。

それがこの三か月。……思い出しても忌々しい。

（キーラがあんなに性悪だったなんて、知っていたらゲームのバッドエンドばっかりやり込んだわよ！）

ソフィアの前では悪魔のようなキーラは、しかしランドールの前では天使だった。ランドールも年の離れた従妹を実の妹のように可愛がっていて、基本的にランドールはキーラの言うことはなんでも信じる。結果、キーラがなにを吹き込んだのか、ランドールは世紀の悪女を見るような目でソフィアを敵視するようになったのである。

「最推しから嫌われるとか、かわいそうにねえ」

「オーリーオーンー！」

ムカついたソフィアは、ソファから立ち上がってオリオンの襟元をぎゅうぎゅうと締め上げた。けれども鍛《きた》えられた護衛官であるオリオンは平然とした顔で笑う。

「わかったわかった、まあ落ち着きなさいよ」

「これが落ち着いていられるか！」

「まあまあ、どうどう」

「わたしは暴れ馬か！」

オリオンの襟をさらに締め上げようとしたソフィアの手を、オリオンはやんわりと引きはがす。

「いい？　よく考えてみなさいよ。あんたが今記憶を取り戻したのは、むしろラッキーってもんよ。ゲームがはじまるのはあんたとキーラが十八歳の年の秋。あと四年もあるのよ。ゲームがはじまる前になんとかすれば、そもそもあんたが悪役令嬢ポジでスタートしないかもしれないでしょ。それにたぶんだけど、この世界、ゲームといってもゲームとは完全に一致してないと思うわ。だって、国王陛下、あんたに激甘じゃない。ゲームはそこまでじゃなかった気がするわよ」

「それは……まあ」

言われてみれば、グラストーナ国王は十四年間も離れて暮らしていたソフィアにとても甘い。溺愛している。ゲームの設定資料集には『市井で生まれ育ったソフィアのことを憐《あわ》れんでいる』としか書かれていなかった。

（それに、よく考えてみたらランドールの両親も生きているのよね）

ゲームの設定では、ランドールは早くに父を亡くし、公爵家を継いだことになっていた。だが、三か月前にヴォルティオ公爵家でメイドから聞いた話だと、前公爵であるランドールの父親は隠居したとのことで、逝去したのではないのだ。隠居した際に王位継承権まで放棄したため、繰り上がりでランドールが王位継承権二位に浮上しているという。

もっと言えば、ランドールの両親は何者かに殺害されたのだが、その事件をきっかけにランドールは他人を信じられなくなって、ヒロインであるキーラに対しても心を閉ざす。しかしランドールの両親が存命であるからか、ランドールに人間不信の兆候は見られず、キーラのことも妹のように可愛がっていた。ランドールを取り巻く背景だけでもかなり食い違っている。

（ランドールが王位継承権二位っていう設定は変わらないから、彼の両親が生きてても死んでても大差ない……ってことなのかなあ？）

だが、やはり設定と違うには違うのだ。オリオンの言う通り、ゲームの設定資料集とは一致していない部分がいくつもある。

「だから、逃げ道はどっかにあるって」

「……本当にそう思う？」

「思う思う。つーかあんたが悪役令嬢ポジのままだったらわたしの身も危ないんだから、なくてもなんとかしてくれなきゃ困る」

さっきは適当なところで逃げると言っていたくせに、ソフィアが親友の転生者だとわかったからだろうか、この口ぶりだと最後まで付き合ってくれる気のようだった。

ゲームのストーリー展開通りに進めば、悪役令嬢ソフィアは断罪後、修道院へ閉じ込められたり、最悪の場合、謀反の疑いをかけられて死罪になったりする。ろくな未来は待っていない。

ソフィアは遠回しな中学時代からの親友の優しさにちょっぴりほっこりしつつ、細い顎《あご》に手を当てて考え込んだ。

「具体的に、どうやったら悪役令嬢にならなくて済むかしら」

オリオンの言う通り、あと四年でなんとかできれば、ソフィアは悪役令嬢にならなくて済むかもしれない。けれども、どう回避すればいいだろうか。城から逃げ出すのは難しい。けれどもこのまま城に居座り続けたら、悪役令嬢ポジションが固まってしまう気がする。

オリオンは冷めた紅茶を飲み干して、ニヤリと笑った。

「あんた、忘れてない？　ソフィアは今から一年後に婚約するのよ」

「忘れてないわよ。ランドールと婚約するんでしょ」

そう。ゲームの開始時点では、ソフィアはランドールの婚約者なのだ。

設定資料集によると、ランドールはソフィアのことを疑っている。実は国王の落胤《らくいん》ではなく、王の娘のふりをしてこの国を乗っ取ろうとしているのではないかと。実際すでにソフィアに対するあたりが冷たいので、疑いをかけられていると見ていいかもしれない。

（たぶん、キーラになにか吹き込まれたんだろうなって思うけどね）

ランドールがソフィアの前に現れたあの日。あのときは、彼はソフィアのことを疑ってはいないようだった。だからこの三か月でなにかがあったはずで――十中八九、キーラがなにかを言ったに違いない。

ともかく、記憶の中の設定資料集によると、ランドールはソフィアを怪しんでいる。そんなランドールに、国王が『そんなに気になるなら妻に迎えて一生監視していればいいだろう』と言ってソフィアと婚約させるのだ。

ソフィアのことを不憫《ふびん》に思っている国王は、監視という名目でランドールと婚約させながらも、実はソフィアが生活に困らないようにと考えて彼を選んだ。けれども国王の真意を知らないソフィアもランドールも、婚約を〝監視のため〟と文字通り受け取ってしまったので、ふたりの関係性は最悪で、この婚約はソフィアがひねくれる原因のひとつとなってしまう。

(……はあ、悲しい)

ソフィアの前世、篠原花音の最推しキャラのランドール。

ランドールは一見すると冷淡そうに見えるけれど、攻略後は主人公をそれはそれは溺愛して大切にしてくれるのである。

(ギャップが激しすぎるところが萌《も》える……キャラだったんだけどなあ)

ソフィアは主人公のキーラではない。ソフィアはランドールと婚約することはできるけれど、婚約者とは名ばかりで、日々彼から冷たい態度を取られ続けるのだ。これが嘆かずにいられようか。

「つまりなに？　ランドールとの婚約を阻止すればいいの？」

するとオリオンは「ちっちっちっ」と立てた人差し指を横に振った。

「違うわよ。四年後のゲームのプロローグまでにランドールと結婚して、この城からさっさと退散しておけって言ってるの」

「は？」

「婚約じゃなくて結婚していたら、婚約破棄イベントも起こんないでしょう？」

婚約破棄イベント。ランドールルートであれば必ず発生する断罪イベントだ。ランドールルート以外であればイベントとしては発生しないが、『ランドールはソフィアとの婚約を破棄したらしい』という話がストーリー終盤で登場する。どのルートであっても、ソフィアとランドールが結ばれることはない。

（まあ確かに、結婚してれば婚約破棄イベントが起こるはずもないわよね？）

オリオンの言うことには一理ある気がするが、かといってそんなに簡単にいくだろうか。

ソフィアが腕を組んで「うーん」と唸《うな》ると、オリオンがとどめの一言を放った。

「わかってないわね。いい？　あんたとランドールが結婚すれば……、ランドールは、あんたのものよ」

ピシャーン！とソフィアの脳天に雷が落ちた。

ランドールが、ソフィアのもの。

ソフィアの脳裏に、彼が満面の笑みを浮かべたゲームのスチルが蘇《よみがえ》る。

「いい……！」

単純なソフィアは、ガッツポーズで食いついた。

＊＊＊

ソフィアの記憶の中にある『グラストーナの雪』の設定資料集によると、ソフィア・グラストーナとランドールが婚約を交わしたのはソフィアが十五歳の春——四月のこと。

日本人が日本人向けに開発した乙女ゲームの舞台であるグラストーナ国には、日本と同じように春夏秋冬が存在する。一年も十二か月なので、非常にわかりやすい。

ソフィアの誕生日が四月三日の設定で、国王から婚約の話をもらったのが翌日の四月四日——設定そのままにソフィアは四月三日生まれなので、そのイベントは必ず起きるはずだと、その日まで、ソフィアはひたすら耐えた。

キーラや王妃、王子の嫌がらせにも屈せず、指を折って、ただひたすらに耐え続けた。

そして十五歳の四月四日、ソフィアは待ちに待った国王からの呼び出しを受けた。ソフィアが前世の記憶を取り戻してから、九か月。この間、オリオンと綿密な打ち合わせもしたからきっと大丈夫。

（なんとしても、ランドールの妻の座を手に入れてみせる！）

そして、悪役令嬢ソフィアではなく、ランドール・ヴォルティオ公爵の妻ソフィアとして幸せな人生を送るのだ。やばい、想像するだけでニヤけてくる。最推しランドールの妻。なんていい響きだろう。

呼ばれたのは国王の執務室ではなく、王の私室だった。国王と王妃は部屋を別に持っているので、ここには王妃の姿はない。ソフィアはほっとした。

「ソフィア、おいで」

父王はソファにゆったりと腰かけて、にこにこと笑いながらソフィアを手招きする。

伯父と甥の関係だけあって、国王のシャープな顎のラインはランドールにそっくりだ。瞳の色こそ濃いブラウン色でランドールと違うけれど、彼より少し茶寄りの赤毛をしている。こうして見ると、ランドールは王家の血を濃く引いているのだろう。さすが王弟の息子。

しかし、似た部分の多いふたりも、決定的に違う部分がある。にこにことよく笑う王は、人のよさが前面に出た柔和な顔立ちをしているのだ。いつもしかめっ面のランドールとは大違いである。

ゲームの設定集では『ソフィアのことを憐れんでいる』としか書かれていなかった父王は、なぜかソフィアに激甘だった。政務で忙しいのでソフィアと会う時間はなかなか取れないけれど、会えばいつも優しく微笑んでお菓子を勧めてくる。今日も、国王が座るソファの前には、たくさんのお菓子が用意されていた。

（でも、優しいだけなのよねえ）

ソフィアは父に微笑み返しつつ、心の中では複雑な思いだった。

こんなに優しい父王だが、性格はどちらかといえば気弱で、気の強い王妃にいつも押し切られて逆らえない。ソフィアを城へ迎え入れることについては頑張ったらしいがただそれだけで——つまるところ、ソフィアが城で快適に暮らすためには、なんの役にも立たない父親だった。

「ソフィア、お前にいい話があるよ」

心底いい話だと信じている国王はもったいぶった口調でそう切り出した。

（いいお話、ねえ）

前世の記憶を持ち、なおかつランドールが最推しのソフィアからすれば、国王がこれから告げようとしている話は〝いい話〟だろう。けれども、ゲームの〝悪役令嬢ソフィア〟からすれば最悪な申し出だった。ソフィアはランドールの婚約を文字通り〝監視〟と受け取ったから、これを機にさらに性格がひねくれてしまうのだ。

「お父様、いいお話って？」

けれども今のソフィアにその心配は無縁だった。まるで一日遅れの誕生日プレゼントをもらうかのようにわくわくした面持ちで訊ね返すと、王は満足そうに頷いた。

「ランドールは知っているだろう？」

「ええ、もちろんよ」

首肯しつつ、ソフィアはゲームではなく、この一年のランドールを思い浮かべた。

ランドールは父親である王弟エドリックが城に持っていた部屋をそのまま譲り受けていて、城で寝泊まりすることも多い。エドリックに代わり国王の補佐のひとりとしての仕事もあるので、なかなか忙しい身だ。

城で暮らしはじめたソフィアと廊下や庭などで顔を合わせることもあり、ソフィアが城へ連れてこられてすぐのころは、愛想はないが普通に接してくれていたのだが――

（もうすっかり嫌われちゃっているのよね）

十中八九、ランドールがソフィアを嫌うように仕向けたのはキーラだろう。

ランドールから『キーラを階段から突き落としたらしいな』だの『キーラのドレスを破いたと聞いたが、どうしてそのようなことをしたんだ』だの、身に覚えのないことで幾度となく詰問されれば、背後にキーラがいるだろうことには鈍いソフィアでもすぐに気がつく。

（これは、ゲームの設定通り、ランドールはすでにわたしのことを〝偽王女〟と思っているんでしょうねぇ）

大好きなはしばみ色の瞳で睨みつけられたのは一度や二度ではなく――

（……ああ、やばい、萌える……）

ソフィアはうっとりした。ゲームのランドールはデレる前はツンケンしていて、そのギャップがたまらないのだ。

「ソフィア、聞いているか？」

「ええ、聞いていますわお父様」

いけない、いけない。ランドールの〝デレ〟を手に入れるためにも、ここはオリオンと計画した通りにことを進めなくては。

国王は予想通り、ソフィアとランドールを婚約させようと思うと言い出した。

「ランドールはソフィアの従兄でもあるからな。きっとお前を守ってくれるよ」

ゲームでは守るどころか断罪してくるが、ランドールとソフィアの婚約がソフィアのためだと信じ切っている父にはそんな未来はこれっぽっちも見えていないのだろう。

「そうだと嬉しいのですけど」

「そうだとも。なに、ランドールもまだお前にどのような態度を取ればいいのかわかっていないだけだよ。根はいいやつなんだ、ソフィアのことを知ればきっと好きになってくれる。間違いない」

すごい自信である。親馬鹿全開だ。ランドールがソフィアに向ける氷の刃のような視線に気がついていないのだろう。……お気楽な国王様だ。

（もちろん、そうあってほしいけどね。でも、ゲームじゃないんだから、どうやったらランドールに好かれるか、さっぱりわかんないわ）

ソフィアはこっそりため息をつくと、オリオンとの打ち合わせを思い出した。

――いい？　国王に婚約の話を持ちかけられたら、こう言うのよ？

（わかってるわオリオン。演劇部で鍛えた演技力で、なんとしても勝利をおさめてみせるわよ!)

ソフィアはぐっと拳《こぶし》を握りしめると、悲しそうな表情を作って、オリオンの指示通りの言葉を口にした。

「あの……お父様。わたし、婚約ではなく、早く結婚したいですわ。その……、お義母様《かあ》はわたしがここで生活することを、快く思われていませんもの」

見よ、前世演劇部のこの実力。万年冴《さ》えない脇役だっただろうとは言わせない。きっと死なずに高校三年生を迎えていたらヒロインに抜擢《ばってき》されていたはず!

ソフィアは瞳をうるうると潤わせて、両手を胸の前で組んで〝お願いポーズ〟で王に迫った。

すると、ソフィアのポンコツな演技力にもころっと騙《だま》された国王は、突然わっと泣きだした。

「ソフィア……! お父様が頼りないばかりにつらい思いをさせてすまない……!」

まったくその通りである。

けれども、この場でそんなことは口が裂けても言えるはずがない。

ソフィアは首を横に振った。

「そんなことはありませんわ。わたし、お父様には本当に感謝していますもの。お母様が死んで、どうやって生きていけばいいのかわからなかったわたしを娘として迎え入れてくださったんですから」

「ソフィア――！」

感極まった国王は、ソファから立ち上がると、ひしと娘を抱きしめた。

ちょろすぎる。

こんなんだから王妃の尻に敷かれるのだ。

だがしかし、もちろんそんなことも言えない。

「お父様――！」

ソフィアは国王に抱きつくと、追い打ちをかけた。

「お父様のもとを離れるのはとてもつらいです！　でもこれ以上わたしがお城にいたら、お父様を苦しめることになる……。これは今のわたしがお父様にできるたったひとつの親孝行なのです……！」

「うんうん、そうだなソフィア！　お父様もこれ以上お前がつらく当たられるのを見てはいられない！　よし、ランドールとすぐに結婚させてやるから待っていなさい！」

ソフィアは心の中でガッツポーズをした。すぐと言うが、貴族――ましてや王女の結婚には時間がかかるものだ。今日明日の話ではないだろうが、きっとゲームのプロローグ時点よりは先に結婚できるだろう。

(これで悪役令嬢ポジとはおさらばよ!)

心の中でにやりと笑ったソフィアは、「お父様——!」と父の胸で泣きじゃくるふりをした。

二章　悪役令嬢はお見舞いスチルを手に入れたい

ソフィアのおねだり作戦は見事に功を奏したと言えるだろう。

ランドールと婚約した、ソフィアが十五歳の春から数えて一年半後、ソフィアは晴れてランドール・ヴォルティオと、グラストーナ国の大聖堂で結婚式を挙げた。

それは、『グラストーナの雪』のプロローグから遡って二年前のことだった。

ランドールが誓いのキスの前に逃亡したけれど、まあいい。今後のことを考えれば、きっと些末《さまつ》な問題だ。とりあえず結婚できたのだから、一歩前進である。

だがもちろん、これでめでたしめでたしで終わるほど、世の中は簡単にはできておらず——

「ま、ここまでは一応計画通りだったんだけど」

王都にあるヴォルティオ公爵家の一室で、ソフィアとオリオンは作戦会議の真っただ中だった。

ソフィアがヴォルティオ公爵家で与えられたのは、奇しくもソフィアが市井から公爵家に連れてこられたときに使わせてもらった部屋で、もっと言えば前公爵夫人であるランドールの母エカテリーナが使っていた部屋だそうだ。

執事であるヨハネス主導のもと、家具も内装も若い女の子が使うような明るい色合いのものに変えられたので、二年半前の名残は少ないが、唯一残された続きのバスルームの猫足のバスタブに懐かしさを感じる。

ソフィアがランドールに嫁ぐ際、オリオンもソフィアの護衛としてヴォルティオ公爵家にやってきた。これはソフィアが『オリオンが唯一の話し相手だから取り上げないで』と国王に泣きついたところ、父がランドールに交渉――もとい、圧力をかけて叶ったソフィアの大勝利のひとつだった。

(つってもわたしが大勝利を挙げたのはランドールの結婚とオリオンのことくらいで、ほかはほとんど敗北よね……)

ランドールと結婚して一週間。夫婦になったというのに、ソフィアとランドールの部屋は別々で、もっと言えばソフィアとランドールは初夜すらともにしておらず、顔を合わせてもいない。なぜなら結婚当日、ランドールは公爵家へ帰ってこなかったのだ。そして、あれから一週間、一度も公爵家へ帰ってきていない。

(全然ラブラブじゃない)

もちろんソフィアも、結婚したからといって〝あの〟ランドールが途端にデレてくれるとはこれっぽっちも思っていなかったから、がっかりしているわけではない。当初の目的通り城から離れることに成功し、〝ランドール・ヴォルティオの妻〟という立場も手に入れた。悪役令嬢から一歩遠のいたのだ。——が。

——安心するのは早いわよ。今のランドールじゃ、なにかあっても絶対にあんたをかばってなんてくれないでしょうからねー。

オリオンのこの一言で、楽観的だったソフィアは我に返った。

結婚したからといって油断はできないのだ。婚約破棄が離婚イベントにとって代わってそのまま断罪エンド……ということもなりかねないのである。このままランドールと冷えた結婚生活を送っていては危険だった。ここはなんとしてもランドールとラブラブになる必要がある。そう。なにが起こってもソフィアを守ってくれる盾《たて》が必要だ。

（というか、わたしもランドールと仲良くなりたいし）

大好きなランドールである。せっかく〝ランドールの妻〟という最高のポジションを手に入れたのだ。ランドールの仏頂面が笑顔に変わり、『好きだ』とささやいてくれるその瞬間が欲しい。そのためにはどうすればいいだろう。

「ランドールは今日も城に寝泊まりしてるの？」

「うん」

ソフィアは頷いて、それからはーっと嘆息した。

ランドールはソフィアがヴォルティオ公爵家に嫁いできてから一週間、ずっと城で寝泊まりしていて邸には帰ってきていない。ここまで拒絶されるとむしろあっぱれとも思えるが、そもそもランドールはソフィアの〝監視〟の名目でソフィアとの結婚を受け入れたはずだから、ソフィアを野放しにしておいては意味がないと思うのだが。

「少なくとも、ランドールがここに帰ってくるようにしなきゃはじまんないわよね」

「よねー？」

オリオンの言葉に「うんうん」と相槌《あいづち》を打つも、打開策があるわけではない。

（ランドールのデレを手に入れるにはどうしたらいいのかしら？）

当然のことながら、ここはソフィアが知っているゲームの世界だが、ゲームではない。現実だ。ゲームはヒロインの都合のいいように勝手に物語が展開していくし、たまに出てくるたった三択の選択肢を選ぶだけでよかったが、現実はそうはいかないのである。

ましてやソフィアはヒロインより何倍も、何十倍も分の悪い悪役令嬢という位置づけだ。待っていたところで、そうそう都合のいい展開にはならないだろう。

「どうすればいいと思う？　着替えでも持ってわたしがお城……には行きたくないし」

なにせ城にはキーラや王妃がいる。ソフィアの姿を見つけようものならどんな嫌がらせをされるかわかったものではない。せっかくあのふたりから解放されたのだから、魔の巣窟《そうくつ》には戻りたくない。

ソフィアが唸りつつ考えていると、オリオンがぽん！と手を打った。

「ものは試しに、あれやってみたら？」

「あれ？」

首をひねるソフィアに、オリオンはニヤリと笑う。

「ランドールルートであったっしょ。お見舞いイベントよ！」

「お見舞いイベント！」

ソフィアは『グラストーナの雪』のランドールルートで一番はじめに手に入るランドールのスチルを思い出した。なにを隠そう、ソフィア——いや、花音の中でランドールが最推しになった最強スチル。

お見舞いイベント。

そのスチルのタイトルは『不器用で優しい従兄』。それは高熱を出したキーラのもとをランドールが見舞うイベントで手に入るスチルだった。

寝込むキーラの額に、水で濡らしたタオルを置いてくれるときに手に入るそれは、ファンの間では『ランドールの初デレ』とか『ランドールのちょいデレ』とか言われた神スチル。愛情表現が苦手なランドールが照れの混じる仏頂面でタオルを替えるそのスチルに、花音だったころのソフィアは心臓をぶち抜かれた。

(……お見舞いスチル、欲しい)

もちろん、この世界はゲームではないので、スチルは手に入らない。だが、その尊いシーンのランドールの様子をこの目に焼きつけたい。

(カメラがあればいいのに……なんて残念な世界なのかしら)

カメラがあればランドールのあんなところやこんなところを隠し撮りしまくるのに、どうしてこの世界はまだカメラが開発されていないのだろう。

(まあいいや、とにかくお見舞いイベント……ん?)

これは名案だと食いつきかけたソフィアだったが、ここでひとつ重大なことに気がついた。オリオンを見やって、至極真面目な顔で問いかける。

「ねえ、高熱ってどうやって出すの?」

自慢ではないが、前世でもこの世界のソフィアに転生したあとでも、風邪なんてそれこそ片手で数えられるほどしか引いたことのない健康体だ。

オリオンは虚をつかれたような顔をして、そのあとでソフィアとともに腕を組むと、ふたりそろって「ううむ」と唸った。

◇　◇　◇

「ソフィアが妙な行動をとっている？」

グラストーナ城にあるランドールの部屋。

机に向かって書類仕事をしていたランドールは、報告のためにヴォルティオ公爵家からやってきた従僕ジャンの話に眉を寄せた。

ジャンは父の代からヴォルティオ公爵家に仕えてくれている、四十ほどの小太りの男だ。なかなか器用な男なので、雑用係として重宝している。今はソフィアの監視役を任じていて、彼女がおかしな行動をすればランドールに報告するように命じていた。

ランドールはソフィアと結婚してから一度も公爵邸へ帰っていないが、〝監視〟を放り出したわけではないのだ。

――そんなにソフィアを疑うなら、妻に娶《めと》って一生監視していればいいだろう！

ソフィアと結婚するようにと命じられたランドールが難色を示していると、伯父である国王は投げやりにそう言った。すなわちランドールは、王の〝命令〟としてソフィアを監視する義務があるのである。

「それでソフィアはなにをしているんだ」

するとジャンは額の汗を拭いながらなんとも歯切れの悪い答えを返した。

「そ、それは……実際にご覧になるのがよろしいかと……。私の口からはとても……」

ジャンをこれほど困惑させるようなことをソフィアがしでかしているということか。

ランドールは羽ペンを置くと、書類を片づけて立ち上がった。

「あの庶民め！　とうとう本性を現したか！　キーラの言っていた通りだったな！」

ソフィアが城に来て二年。キーラは毎日のように泣かされていた。

キーラは、彼女が赤ん坊のころから知っている大切な従妹だ。心根の優しい天使のような少女である。

――お母様が教えてくれたの。ソフィアは実はお父様の子供じゃないんですって。

ソフィアが城に来て二か月が経ったころだろうか。キーラが悲しそうな顔をしてそんなことを言ったことがある。

なんでも、ソフィアの母であったリゼルテは王妃の侍女だったが、素行が悪く、王以外の男とも浮名を流していたらしい。王妃が諌《いさ》めたけれど聞き入れず、手に負えなくなって解雇されたのだとか。王妃が言うには、リゼルテは非常にがめつい性格をしていて、もし身ごもったのが王の子供であれば、自身の地位と名誉を要求するだろうとのことだった。それをしなかったということはすなわち、ソフィアは王の子ではないということだ。

――かわいそうなお父様。お父様はお優しいから、きっと騙されているのね……。

そう言ってキーラは涙を流した。

(絶対に化けの皮をはがしてやる)

蛙《かえる》の子は蛙という。ソフィアは性悪な母リゼルテの性根をそのまま受け継いだようだ。だがランドールは騙されない。国王が騙されているのなら、甥としてその目を覚まさせてやらなければならないからだ。

「い、いえ、本性といいますか……ええっと……」

ジャンがしどろもどろになにやらぶつぶつ言っているが、ランドールの耳には入らなかった。

ランドールは城の部屋から飛び出すと、ヴォルティオ公爵家の門をくぐり、あんぐりと口を開けた。

それは、ランドールとソフィアが結婚式を挙げた日から数えて、十日後の昼下がりのことだった。

◇◇◇

「ねえ、本当にこんなことで熱が出るの？」

バシャン、と水しぶきが上がる。

青く澄んだ空には燦々《さんさん》と太陽が輝いていて、宙に舞った水の粒はその光を反射してまるで宝石のようにキラキラと光った。

ヴォルティオ公爵家の前庭。この世界では水の女神と崇《あが》められているウンディーネの像が見事な、大きな噴水の中である。

『グラストーナの雪』では、前世の世界で四大精霊と呼ばれていた地、水、風、火の精霊が神として崇められていることになっている。

つまり――

ノームが地の神。

ウンディーネが水の神。

シルフが風の神。

サラマンダーが火の神。

である。

ここまで聞いたら魔法が登場するゲームだと思うかもしれないが、『グラストーナの雪』では、多少の不思議は存在するものの、魔法もののゲームではない。

設定上、魔法使いが存在しないわけでもないようだが、火の玉を生み出したり、空を飛んだりする魔法使いとは異なり、なにもないところから小物を取り出したり、なにかを浮かせたりできる程度の、ちょっとした手品師くらいの位置づけだ。そして、ランドールルートではその魔法使いは名前すら登場しない。

四大精霊の名前をそのまま冠した神様も名前しか登場せず、ゲームの進行に影響を及ぼすことは皆無だ。

(『グラストーナの雪』ってゲームの進行に関係ない細かい裏設定がすっごいあるのよねー)

もしかしなくても、次回作を考えていたのではなかろうか。そう考えると、その次回作が出る前に前世の生涯を終えることになったのは非常に悔しい。

『グラストーナの雪』の世界は、設定資料集によればイギリスのヴィクトリア朝時代——十九世紀のあたりを参考にしたと言われているが、かなりご都合主義の部分が多い。それは設定資料集にも書かれており、例えば十九世紀後半といえば馬車から車に徐々にシフトしていく時代であるらしいが、車は風情がないという理由で存在しない。電気の存在も無視されているし、衣服に至っては、貴族女性はドレスという概念を残しつつも、デザインは十九世紀のものではなく近代的だ。

つまるところ、十九世紀イギリスの雰囲気だけを残しつつ、不要なものは排斥《はいせき》して、なおかつ必要なものは時代に関係なく取り入れているという、やりたい放題のゲームなのである。

ちなみに、産業革命時代のロンドンは、石炭の使用による大気汚染が深刻だったようだが、『グラストーナの雪』では完全に無視である。スモッグとは無縁の、澄み渡った青空が広がるとても清々しい空気だ。

ソフィアはつま先で水を蹴り上げながら、なんとなくウンディーネ像を見上げた。非常に美人な女神様である。ランドールはこんな顔が好みなのだろうか。

(って、いけない、いけない。水遊びに集中しないとね)

ソフィアがなにをしているのかといえば、オリオンと考えた〝風邪を引く作戦〟の真っ最中である。

ドレスの裾をたくし上げて、つま先で水を跳ね上げ、頭のてっぺんからぐっしょり濡れながら、ソフィアは〝真面目〟に水遊びをしていた。

ソフィアの「本当にこんなことで熱が出るの？」というぼやきが聞こえたのか、少し離れたところに立っているオリオンが「ほかに思いつかなかったしー」とつぶやいた。

そう。風邪を引くためになにをすればいいか。オリオンとふたりで考えに考え抜いた結果がこの〝水遊び〟なのだ。

突然庭の噴水の中に飛び込んだソフィアに、ヴォルティオ公爵家の使用人はそろって困惑し、遠巻きにその様子を見ながらおろおろしている。

ソフィアは十四歳まで市井で暮らしていたし、もっと言えば前世では一般家庭の日本人であったから、水遊びに抵抗はない。しかし泳ぐことすら〝はしたない〟と言われるグラストーナ国の貴族社会においては、ばしゃばしゃと水を跳ね上げながら水遊びをする様は異質でしかなく、使用人たちはどうしていいのかわからないようだった。

どんなことにも鷹揚《おうよう》に構えている執事ヨハネスがいれば事態は違ったかもしれないが、本日ヨハネスは休暇を取っていて、王都の端で暮らす娘夫婦のもとを訪れている。

まだ幼い孫娘にメロメロなおじいちゃんは、二週間に一度の休みのたびに孫娘の顔を見に出かけているのだ。

そしてこれは、偶然ではない。

ヨハネスは優しい老紳士だが、ソフィアの奇行を見逃すとも思えなかった。にっこりと微笑みながらやんわりと諫められるのが目に見えていたソフィアとオリオンは、ヨハネスの休みを見計らって水遊び作戦に打って出たのである。

「……あ、あのぅ、奥様、風邪を召されますよ……？」

そんな中、ソフィアの奇行のショックからいち早く立ち直った者がいた。遠慮がちに声をかけてきたその勇者は、ランドールがソフィアのために用意した侍女のイゾルテだった。愛嬌《あいきょう》のあるそばかす顔の彼女はソフィアと同じ十六歳で、ランドールの母エカテリーナの遠縁にあたる子爵家の末娘らしい。

ソフィアは顔を上げて、さすがに風邪を引きたいからやっていると馬鹿正直に答えるわけにもいかなかったので、ただ笑って「大丈夫！」とだけ返した。

しかし勇者はめげなかった。

「奥様、そのぅ……、湯あみをされたいのでしょうか？　言ってくだされればいつでもご用意いたしますのに……」

「ううん、水遊びがしたいの」

「さ、左様でございますか……。でも、もう夏は終わりましたし、あのぅ、寒くはございませんか？」

ソフィアとランドールが結婚式を挙げたのが十月のはじめ。今は十月も半ばに差しかかっている。昼間はまだ過ごしやすい陽気だが、それでも水遊びには季節外れだ。当然寒い。しかし、ソフィアの目的は水遊びを楽しむことではなく風邪を引くことなので、寒くていいのだ。震えるくらいに体が冷えれば、健康体のソフィアとて風邪を引いて熱を出すことだろう。

（お見舞いイベントのためよ！）

なんとしてもランドールのお見舞いスチル――ではなく、お見舞いに来てくれたランドールの顔を見るのだ。

ソフィアの最推しへの愛は誰よりも強い。これしきの寒さなんて耐えてみせる。そしてゆくゆくはランドールの愛を手に入れて、〝デレ〟ランドールをたっぷり拝むのである。負けない。

そんな不純な動機のもと、水遊びを続けること三十分。すっかり体の冷えたソフィアがふるりと体を震わせて二の腕をこすったそのときだった。

「なにをしているんだ‼」

低い怒号がソフィアの耳を打った。

（ひっ！）

振り返ったソフィアは思わず悲鳴を呑み込んだ。

さーっとソフィアの顔から血の気が引いた。なぜなら結婚してから一度も帰ってこなかったランドールが、こちらへ駆けてきているところだったからだ。

馬車の音がすれば気がついただろうが、どうやらランドールは馬車を使わなかったらしい。ヴォルティオ公爵家は城からほど近いところにあるとはいえ、ここまで走ってきたらしいランドールの息は上がっていた。

「あ、予定よりも早かったわね、ラッキー」

などとオリオンのつぶやきが聞こえたが、これのどこがラッキーなのだ。これは想定外だった。ソフィアは水遊びの末に高熱を出して、ランドールに看病してもらうつもりだったのである。決して、水遊びをする様を見られたかったわけではない。というか、太ももが見えるくらいにドレスをたくし上げて、ぐっしょりと濡れ鼠《ねずみ》になりながら子供のように水遊びをする様を、結婚したばかりの夫に見られたいと思う新妻がいるだろうか。いるはずがない。

ソフィアは青を通り越して白くなったが、噴水の中に入り込んでいるために簡単に逃げ出すことができない。

あわあわしているうちにランドールがそばまでやってきて、むんずとソフィアの腕を掴んだ。

「噴水で水浴びなど……！　お前は幼子か！」

鋭い叱責を受けて、ソフィアは首をすくめた。

オリオンは知らんぷりを決め込んでいるし、イゾルテは自分が叱られたように青くなっている。ほかの使用人も怯えた表情を浮かべつつソフィアたちを遠巻きにしていて、誰ひとりとして助けてくれそうにない。

「さっさと噴水から出るんだ！　なにを考えて水遊びなど！　風邪を引いたらどうするんだ！」

風邪を引きたかったのだと答えれば、大目玉に違いない。

ソフィアはランドールの手を借りて噴水から出ながら、これは少しばかり理不尽ではないだろうかと思った。

どうしてソフィアが水遊びをしているのか――もちろん本当のところは言えるはずはないが――わかっているのだろうか。すべてはランドールが悪いのである。ランドールが結婚後一度も帰ってこないから、苦肉の策で水遊びをしていたのだ。……もちろんお見舞いイベントを起こしたかったのは本当だが、ランドールがきちんと公爵邸に帰ってきていたらこんなことはしなかった。それは間違いない。

(怒られるようなことをしたのはわかるけど、納得いかない)

責められるべきはソフィアひとりだろうか。いや、断じて違う。元凶はランドールだ。

ソフィアは背の高いランドールを見上げた。言いたいことはあるけれど、さすがに口にはできない。

悔しくて口をへの字に曲げていると、ソフィアの視線を感じ取って下を見下ろしたランドールと目が合った。どういうわけか、その直後、ランドールは顔を赤くして視線を逸らす。

(……ん?)

どうして顔や耳が赤いのだろう。

無自覚なソフィアは首を傾げた。

言っておくが、悪役令嬢ソフィア・グラストーナはかなりの美少女である。ゲームの設定上、キーラと張る——いや、それ以上の美人だ。

そのソフィアは今、全身ぐっしょりの濡れ鼠。普段は緩く波打っている金髪はまっすぐに伸びて、毛先からはぽたぽたと雫がしたたり落ちている。毛先から伝わった雫は頬のラインを伝って、細い顎からも水滴が落ち、薄ピンクのドレスはぴったりと体のラインに沿って張りついていて、半分透けていた。

ランドールは無言でジャケットを脱ぐと、ソフィアの肩にかけた。風邪を引きたいソフィアはもう少し体を冷やしたいところだったが、突然の優しさを見せたランドールに驚いて、素直に受け取ってしまう。

「王女ともあろう者が、そのようなはしたない格好をするものじゃない。早く着替えろ！」

ソフィアのことを偽物の王女だと疑ってかかっているくせに、こういうときは王女扱いするらしい。水に濡れて重いドレスの裾を無造作に絞れば、さらに怒られた。

「王女のくせに、足を出すな！」

さすがに、ソフィアはムッとした。

（キーラのことばっかり信じてわたしのことを偽物呼ばわりするくせに、こういうときだけ都合よく王女って言うのやめてくれないかな？　だいたい、誰が好き好んで水遊びなんてするもんですか！　全部ランドールのせいなのに！）

ランドールのせいというよりは単純にお見舞いイベントに目がくらんだだけだが、イライラしはじめたソフィアはそのあたりは綺麗に棚上げすることにした。

じろりとランドールを睨みつける。

「わたしの足なんて、ランドールには関係ないでしょ！　その辺に転がっている棒切れだと思えばいいじゃないの！」

ソフィアが言い返してくるとは思わなかったのか、ランドールの眉がつり上がった。

「お前はヴォルティオ公爵家に泥を塗る気か！　お前には名家の妻になったという自覚が足りなさすぎる！」

（なんですって？）

自覚が足りないと言うのならば、ランドールこそ足りないのだ。ランドールはソフィアと結婚してソフィアの夫になったのに、結婚当日から妻を放り出している。夫としての自覚が足りないのはランドールの方だ。

（十日も帰ってこなかったくせに！　帰ってくるなり夫面しないでよ！）

頭にきたソフィアは、肩にかけられていたランドールのジャケットを脱ぐと、それをランドールに突き返した。無言でランドールに背を向けると、ふたりの喧嘩《けんか》を怯えて見ていたイゾルテに声をかける。

「着替えを手伝ってもらってもいい？」

「は、はい！　もちろんですとも！」

ずんずんと邸に向けて歩き出したソフィアを、イゾルテが慌てて追いかける。

その場に取り残されたランドールは、その様子を茫然と見送ったあとで、ぐったりと疲れたように嘆息した。

「……なんなんだ、あいつは」

そんなふたりの様子を見ていたオリオンは、笑うのを我慢するのに必死だった。

＊　＊　＊

ソフィアの計画は、ある意味では成功したと言えるだろう。

噴水での水遊びの翌日、ソフィアは思惑通り高熱を出して寝込むことになったからだ。

だが、計画通りなのはそこまでだった。

「よかったじゃない、熱が出て」

「よぐなぁい……」

ぐしぐしと鼻を鳴らしながらソフィアは恨めし気にオリオンを睨んだ。

熱のために真っ白なソフィアの頬はりんごのように赤くなっている、エメラルド色の瞳はうるうると潤み、ぐすぐすと鼻を鳴らしながら、ソフィアはベッドの中でぐったりとしていた。

確かに、予定通り熱は出た。想定外だったのは、滅多に風邪を引かないソフィアは高熱に対する耐性が驚くほどになかったということだ。ソフィアは高熱のためにすっかり消耗し、まともに立ち上がることもままならないほどだった。

ベッドに横になってはふはふと熱い呼吸をくり返す。

イゾルテは、喉にいいからと蜂蜜酒《はちみつしゅ》のお湯割りを作りに階下へ降りており、オリオンは仕方なさそうにソフィアの額の濡れタオルを替えて、他人事のように言った。

「でも薄情よねえ。ランドールってば『自業自得だ』って知らん顔だし」

そう。ふたつ目の想定外は、ランドールがちっともお見舞いに来ないことだった。

ソフィアは水遊びの翌日に熱を出し、執事のヨハネスがそれをランドールに伝えたようだが、彼はそれを自業自得だと一蹴し、見舞うどころか邸にすら帰ってこない。

結果、お見舞いスチル——もとい、お見舞いランドールの顔を拝むという当初の計画はパアで、ただの風邪の引き損になったというわけだ。

……はあ、ランドールのお見舞い顔、見たかった。

「先は長そうねえ」

「……親密度ゲージが懐かしい」

乙女ゲームの世界でありながらゲームでないこの世界では、『グラストーナの雪』のように、親密度が可視化されているはずもなく、当然のことながら親密度ゲージを上げるための選択肢も出てこない。前世では乙女ゲームおたくだがリアルの恋愛にはめっぽう弱かったソフィアにとって、攻略対象の中で一番攻略が難しいと言われたランドールを落とすのは至難の業だ。

「まあ、プロローグまであと二年くらいあるんだから、気長に頑張りなよ」

「そうする。……はあ、しんどいからもう寝るね」

「はいはい、寝な寝な。寝てりゃそのうち治るって」

「……あんた、本当にわたしの親友なの？」

少しは心配してほしいものだ。こんなに苦しいのに。けれども、オリオンはけたけたと笑って「おやすみー」と言いながら部屋から出ていった。

（くそぅ、オリオンがもし熱を出したら仕返しにその横で笑ってやるんだから！）

心の中で毒づきながらソフィアは目を閉じた。

頭がガンガンと割れそうに痛いし、喉も痛いし関節も痛い。安易に風邪を引こうとするのではなかった。

（結局、ランドールと仲良くなるどころか怒らせて終わっただけだし）

ゲームだとストーリーを進めて一定以上の親密度を得ていたら勝手にイベントが発生するのに、現実ではそうはいかない。第一ソフィアはヒロインではないのだから、本来であれば甘酸っぱい恋愛イベントが用意されているはずもないのだ。

（あと二年……あと二年の間にランドールとラブラブ夫婦に、なれるのかしら？）

悪役令嬢として断罪イベントを迎えるのは絶対に嫌だし、せっかくランドールと結婚できたのだから仲良くなりたいけれど、どうすればいいのかわからない。

ソフィアはごろんと寝返りを打った。その拍子に額からタオルが滑り落ちたが、それを拾う気力もなく、ソフィアはやがて底のない沼地に沈み込むかのようにすーっと深い眠りに落ちたのだった。

◇◇◇

（まったく、なにを考えて水遊びなんてしたんだ、あいつは）

ランドールはイライラしていた。

城で仕事をしていると、伯父である国王がやってきて、ソフィアの様子を訊ねてきたので、ただ一言『風邪で寝込んでいます』と答えるとものすごい剣幕で怒られた。

——ソフィアが風邪を引いて寝込んでいるというのに、お前はなにをのんきに仕事などしているのだ！　帰って看病せんか！

国王の言葉を思い出して、ランドールは眉間をもむ。

一言言わせてもらえるならば、〝のんきに〟仕事をしていたわけでは断じてない。片付けなければならない書類があるから仕事をしていたのだ。

どうやら伯父は、十四年間もその存在を知らされていなかった末娘が可愛くて仕方がないらしい。

ソフィアの母リゼルテは他界する前に、知り合い筋から密かに国王に手紙を送ったそうで、正直なところ証拠となり得るものはなにひとつとして存在しないのに、王はソフィアを自分の娘だと信じて疑わないのだ。

ランドールは臣下として、また甥として、不確かな存在を伯父に近づけるわけにはいかなかったのだが、ソフィアのことになるとまったくと言っていいほどに聞く耳を持たない国王は、ランドールの苦言に耳を貸そうとしなかった。

唐突にソフィアと結婚するように言われたときも腹が立ったものだ。だが、自分が犠牲になることでソフィアという不穏分子を城から追い出せるのならば安いものだと思って了承した。結婚という形で縛ってランドールの監視下に置いた方が、城に残しておくよりも何倍も安全だと判断したからだ。

もちろん、ランドールはソフィアと本当の意味で夫婦になるつもりはなかった。跡継ぎの問題は残るが、遠縁から養子を得るなどすればいい。ランドールは、実の妹のように可愛がっているキーラを泣かせる存在を、愛するつもりはこれっぽっちもないのだ。

だから、ソフィアが熱を出したと報告を受けたときも、ソフィアを見舞うつもりは毛頭なかった。それなのに怒った国王に城から追い出されたせいで、ランドールはこうして渋々自邸に戻る羽目になったのである。

「あれは？」

ヴォルティオ公爵邸に戻ると、ランドールは出迎えに出てきた執事のヨハネスに端的に訊ねた。

「今はお休みになっておりますよ」

ランドールが生まれたときからこの邸の執事を務めているヨハネスは、目尻に皺をためて微笑んだ。

「面白《おもしろ》い奥様でございますね。水遊びをしたと聞いたときはさすがに驚きましたが、なんと言いますか、我々にも気安く接してくださる方で、イゾルテなどはかなり奥様に懐いているようですよ」

もうじき六十になるヨハネスにとって、ソフィアは孫に近いのだろう。少々の奇行も〝お転婆〟の一言で済まされる問題のようだ。しかし、ランドールはそうではない。

「好き勝手されては、ヴォルティオ公爵家の恥になる」

「おや、そうはおっしゃいますが、奥様は邸からお出かけになられませんし、変わったことをなさったのは二日前の水遊びくらいで、普段は静かにお過ごしになられていますよ」

「猫をかぶっているだけだ！　そのうちぼろが出るに決まっている」

「おやおや、坊っちゃんは奥様のどんなぼろをお望みなのでしょうか」

「……坊ちゃんはやめろ」

ランドールが苦虫を噛《か》み潰したような表情を浮かべると、ヨハネスはふと真顔になった。

「では旦那様。失礼を承知で申し上げさせていただきますが、奥様は旦那様の妻――このヴォルティオ公爵家の女主人となられた方でございます。いかに旦那様といえど、それなりの敬意を払っていただく必要がございますよ。旦那様が奥様のなにを疑っていらっしゃるのかは存じませんが、奥様の水遊びよりもおふたりの不仲の方が何倍もヴォルティオ公爵家の恥ではございませんか？　凝り固まった概念ではなく、もう少し柔軟に物事を考えなければなりませんよ」

「……あれは偽物の王女だ」

「なにを根拠に。第一、それが本当なのだとしても、今は王女殿下でも偽物王女でもなく、ヴォルティオ公爵夫人が奥様のご身分でございます。偽物だとか本物だとかは関係ございません」

「話にならん」

ランドールはしかめっ面を作ると、ヨハネスの脇をすり抜けて大階段を上がっていく。

ヨハネスはそんなランドールの背中に、静かに声をかけた。

「きちんと向き合う前からなにもかも勝手に決めつけていては、いずれ後悔なさることになるかもしれませんよ、坊っちゃん」

ランドールは答えなかった。

ソフィアは夜になっても目を覚まさなかったようだ。

国王が『ソフィアの熱が下がるまで登城することは許さん！』と騒ぎ立てたため、ランドールは城へ帰るに帰れず、久しぶりにヴォルティオ公爵家で過ごすことにした。

夕食の席に姿を見せなかったソフィアを、ヨハネスたち使用人一同は心の底から心配していたようだが、ランドールにしてみれば〝自業自得〟の一言に尽きる。

夕食後、ランドールは自室のベッドに寝そべって、天井を睨んだ。

訊いてもいないのにヨハネスは逐一《ちくいち》ソフィアの様子を報告に来るし、イゾルテはソフィアを見舞わないランドールが気に入らないようで、『奥様は苦しそうで』『うなされていて』『もしもこのまま儚《はかな》くなられたら』とヨハネス以上にやかましい。

どういうわけかわずか十一日でヴォルティオ公爵家の使用人の心を掌握《しょうあく》したらしいソフィアのせいで、まるでランドールは悪人扱いだ。

「そもそも水遊びをしたのはソフィアだろう。どうして俺が責められる」

ランドールは独り言ちて、ごろんと寝返りを打った。

ヴォルティオ公爵家の使用人は、公爵家の使用人に見合うだけの教育を受けている。表情を取り繕うことに長《た》けていて、用心深く、基本的には主人や仲間と認めた人間以外には心を許さない。

それだというのに、わずか十一日だ。その十一日の間に、ヨハネスをはじめとするヴォルティオ公爵家の使用人は、なぜかソフィアに懐いていた。人を観察するに長け、主人を害する恐れのある人物を見抜く目を持った彼らが懐柔されるには早すぎる時間だ。

（ソフィアのなにを見て、ヨハネスたちは信頼を寄せている？）

まさかヨハネスたちの目が曇ったわけでもあるまい。なにかしらの理由がそこにはあるはずなのだが、ランドールにはわからないし、わかりたくもなかった。

閉じた瞼の裏には、深い空色の瞳を潤わせた、悲しい表情をした従妹キーラの姿が映し出される。

ひとりっ子であるランドールは、キーラを実の妹のように可愛がってきた。キーラもランドールを兄のように慕い、キーラの実の兄であるヒューゴよりも仲がよかったと言っても過言ではない。

その可愛い妹が、ソフィアに泣かされ続けていたのだ。

――聞いてランドール！

――あの子、わたくしのドレスに水をかけたのよ！

――あの子に階段から突き落とされそうになったの！

――お父様ったらすっかりあの子に騙されて、わたくしの話をちっとも聞いてくれないのよ！

――今日あの子に髪を引っ張られたの！

顔を合わせるたびにランドールに泣きついて、助けてほしいと懇願してくるキーラ。

小柄でか弱いキーラは、それでも王女としての矜持《きょうじ》を持っている。彼女はそう簡単に誰かに泣きつくことをしないし、ランドールだって数えられるほどしか泣き言を聞いたことがない。

そのキーラが、毎日のように泣いているのだ。ソフィアが城に来てから、キーラが心から笑った日を見たことがない。

ソフィアがキーラを害していると知り、ランドールはもちろん王に報告した。

ソフィアがキーラに悪意を持っている。ソフィアは偽物の王女だとキーラも言っていたし、王の子供だという証拠もないのだから、すぐに城から追い出すべきだ。

何度もそう訴えたけれど、王は決まって首を横に振り、そして続けてこう言うのだ。

――ランドール。ソフィアは優しい子だ。心細くつらい思いをしているのはキーラではなく、ソフィアだよ。

わけがわからなかった。納得できるはずがない。実際に泣いているのはキーラで、ソフィアは城ですれ違っても、いつも穏やかに微笑んでいて、どこにも憔悴した様子はないではないか。

――ランドール。ソフィアの母リゼルテは陛下の子を身ごもってはいませんでしたよ。ソフィアは陛下の子ではありません。もっとも、陛下は聞く耳をもってはくださいませんけどね。王を補佐する立場で、ソフィアを迎えに行ったお前は、責任をもってソフィアの出生を洗い出し、陛下の目を覚まさせるように――

いつだったか、王妃に呼び出されてそう言われたことがある。

王の子でないならば、早急に手を打たなければならない。だが王の子であるという証拠がないのと同じように、王の子ではないという証拠も存在しないのだから、しばらくは様子を見るしかないだろう。

――きちんと向き合う前からなにもかも勝手に決めつけていては、いずれ後悔なさることになるかもしれませんよ、坊っちゃん。

ふと、今日の昼にヨハネスに言われた言葉を思い出した。

向き合えとヨハネスは言ったけれど、どこの誰ともわからない相手とどう向き合えというのだ。

ランドールはソフィアと結婚したが、彼女が偽物の王女だという証拠が集まれば、離縁するつもりだ。向き合う必要はない。

ない――、はずだ。

（……眠れない）

ソフィアとはじめて会った日、彼女はひどく憔悴していた。いつも元気に笑っている彼女のひどく頼りなげな様子を見たのは、あの日が最初で最後だったと思う。

母親が死んで、途方に暮れているときに強引に城へ連れていかれてそこで生活するように命じられたソフィア。彼女に同情する気がまったくないわけではないし、正直彼女を迎えに行ったときは、ふたり目の従妹であるソフィアをキーラと同じように慈《いつく》しもうと思ったのも事実だった。

欠けたコップを出されたときは失礼な娘だと思ったけれど、欠けたものしかなかったのならば仕方がないと思い直した。そして、母が死んで思考も麻痺しているような状態で、どこの誰とも知らない来客に水を差し出したその姿勢に感嘆すらした。ひとりぼっちになったばかりの十四歳の少女が、他人を思いやれるはずはないだろうに、と。

けれどもその思いは、わずか数か月先には覆《くつがえ》されることになる。

ソフィアはとんでもない悪女だった。王の命令を聞き、ソフィアを迎えに行ったことを後悔したほどだ。

だから、ソフィアのことを気にする必要はない。そうだというのに――

(だめだ、やはり眠れない)

どうしてか、熱でうなされているというソフィアが気になる。

ランドールは目を開けると、むくりと起き上がった。

どうしてソフィアが気になるのか、わけもわからないままにベッドから降りる。

(……熱でうなされているところを見れば、気分もすっきりするだろう)

ソフィアが熱を出したのは自業自得。別にソフィアが心配なわけではない。ただ苦しんでいる様を見て笑ってやるだけだ。

ランドールは自分に言い聞かせるように心の中で何度もつぶやきながら、ソフィアが使っている公爵夫人の部屋へ向かった。

皆が寝静まっているひっそりとした廊下を、大階段を挟んで反対側へと進んでいき、ソフィアの部屋の扉を音をたてないように気をつけながらそっと開く。

部屋の明かりは落とされていたが、ソフィアのベッドサイドのランプだけは灯がともっていた。

一瞬、ソフィアが起きているのかと思ったが、どうやら違うようだ。きっとイゾルテあたりが、ソフィアの様子を見に来るときのためにつけたままにしておいたのだろう。天蓋が柱にくくりつけられたままなのも、ソフィアの様子を定期的に見に来ているからだろうか。

ヴォルティオ公爵家の使用人たちの中でも、イゾルテは特にソフィアに懐いているようなので、熱を出した彼女がよほど心配と見える。

ランドールはベッドサイドの椅子に腰を下ろした。

熱で苦しいのか、ソフィアの呼吸は荒い。

ソフィアの顔をじっくり見つめるのは、これがはじめてではないだろうか。

ソフィアはツンと顎の尖《とが》った小さな顔をしている。驚くほど長い睫毛《まつげ》に縁どられている瞼の下に、大きくて綺麗なエメラルド色の瞳があることをランドールは知っていた。

白く透き通るような肌は、今は熱のためか赤く色づいている。

ソフィアは美人だ。ランドールが知っているどの女性よりも美人だと思う。しかしその顔立ちの中に、国王から継いだ要素はあまりない。しいて言えば、鼻の形が少し似ている気がしないでもないが、その程度だ。

（といっても、キーラやヒューゴも陛下には似ていないがな）

上のふたりが似ていないのだから、顔立ちだけで偽物と断定するのは無理だろう。

「……お前のなにが、使用人たちの心をひきつける？」

ソフィアと時間を作らないランドールにはわからない。それがちょっとだけ癪《しゃく》に障るのはどうしてだろう。

——偽物だとか本物だとかは関係ございません。

ヨハネスはそう言ったが、王に仕えるランドールにはそう言い切ることはできないのだ。

ただの貴族令嬢としてヴォルティオ公爵家へ嫁いだ娘ならば、こうも神経質にはならなかっただろう。ランドールは別に、愛した女性でなければ妻に迎えないと決めていたわけでもない。王の甥の立場では結婚相手は選べないとわかっていたから、結婚に関しては幼いころから諦観《ていかん》を持っていた。だから、嫁いできたのがただの貴族令嬢ならば歩み寄る努力をしただろう。

しかし、ソフィアは王女だ。嫁いできた王女が偽物だとしたら、ランドールは王の臣下としてそれを受け入れることはできないし、自ら詐欺《さぎ》罪で捕縛の命令を下さなければならない。

（せめてなにかしらの証拠があればな）

ソフィアの母リゼルテの遺品で、ソフィアが唯一持っていきたいと主張したエメラルドのネックレス。ソフィアはイミテーションだと思っていたようだが、あれは本物だ。本物どころか、宝物庫に収められていたはずの三代前の王妃が使っていたネックレスで、その価値は計り知れない。

最初はリゼルテが盗みを働いたのかと思い国王を問い詰めたけれど、王は飄々《ひょうひょう》と『リゼルテにプレゼントした』とぬかした。あのときの脱力感といったらなかった。

ゆえに、あれがリゼルテと王をつなぐ唯一の証拠であることは間違いないが、所詮ふたりのつながりを証明するだけのもので、それをもってソフィアを王の娘だと断じるには弱い。

「うぅ……ん……」

ふいにソフィアのうめき声が聞こえて、ランドールはぎくりとした。

苦しそうに胸元を上下させて、ソフィアが寝返りを打つ。その拍子に額に載せられていた濡れタオルが枕の上にぽすりと落ちた。

ランドールは手を伸ばしてソフィアの頬に触れ、まだ熱が高いことを知ると、「仕方ないな」とタオルを拾い上げる。

ベッドサイドテーブルの上に置いてあった、水の入ったたらいにタオルを浸し、固く絞って、ソフィアの額に載せてやった。

タオルが冷たくて気持ちがいいのか、ソフィアの口元がふにゃりと緩む。

そのあどけない表情にランドールが無意識に口端を持ち上げたとき、ソフィアの長い睫毛が震えて、その瞳がゆっくりと開いた。

熱に潤んだエメラルド色の瞳が、ランドールのはしばみ色の瞳と交錯する。

不覚にも、自分の鼓動が大きく跳ねたのをランドールは感じた。

◇◇◇

なにかが額に触れるような気配を感じて、ソフィアはゆっくりと目を開けた。

ぼんやりとした視界に、赤い髪の毛が映り込む。

(ランドール……?)

ソフィアは、はしばみ色の少し神経質そうな瞳を見つけて、小さく首をひねった。

これは夢だろうか。

なぜならランドールが目の前にいて、ソフィアを見ている。必要がなければソフィアの前に現れないランドールが、である。

そもそも、ランドールは庭で水遊びをしたソフィアにひどく怒っているようだったから、邸に戻ってきているはずがない。

（夢、よね？　でも夢にしてはリアルな気がする……）

想定外の状況に動揺してソフィアが身じろぎをすれば、その拍子に額からタオルが滑り落ちた。

ランドールはそれを無言で拾い上げると、ソフィアの額の上に戻す。

その際に、ランドールはソフィアの顔を覗《のぞ》き込むような姿勢になった。わずかにひそめられた眉と、ちょっぴり不機嫌そうな顔がすぐ近くに――

ソフィアは目を見開いた。

（お見舞いスチル……！）

ソフィアは感動に打ち震えた。

ランドールのこの表情は、何度もゲームで見たことがある。なんて尊いのだろう。

ランドールのお見舞いスチルが動画になって目の前に存在している！

（すごい！　尊い！　やばいカッコよすぎる！）

あまりの嬉しさに夢と現実の区別もつかなくなってぼーっと見つめていると、ランドールの顔に動揺が走った。

「おい、どうした？　大丈夫か？」

どうやら熱でぼんやりしていると思われたらしい。

ランドールはさらに身をかがめてソフィアの顔を覗き込む。

ソフィアは、息が止まりそうになった。

「秋も半ばだというのに水遊びなどするからだ。自業自得だぞ。これに懲《こ》りて、少しはおとなしくしておくんだな」

ランドールがぶつぶつと小言を言っているが、ソフィアの耳には入らない。

(確かお見舞いイベントって……)

ゲームでは、お見舞いスチルが出たあとで、選択肢が出てくる。それは『喉が渇いたの』『水を取ってくれない?』『………(咳《せき》をする)』の三択だ。

そしてもちろん、ソフィアはランドールの好感度が一番上がる選択肢を覚えている。

(咳をする!)

ソフィアは瞬時に、こほこほと咳《せ》き込んでみせた。

演劇部で鍛えた演技力で苦しそうに胸を押さえて咳き込めば、ランドールがソフィアの背中に手を回してさすってくれる。

「水を飲むか?」

うんうんと頷いて応えれば、そっと体が起こされて、水差しに入った水をコップに移して口元に近づけてくれた。

(ああ、もう死んでもいい……！　ゲームをやり込んでて本当によかった‼)

ランドールが好きすぎて、スチルは当然完全コンプリート。三つあるエンディングもすべてクリアして、なおかつ何度も何度もやり込んだソフィアである。目の前にランドールがいて、ちょっと優しくされるだけで天にも昇る気持ちになれる。

ランドールに水を飲ませてもらいながら、悶絶《もんぜつ》しそうになるのを必死に耐えていたソフィアは、水を飲み終わってベッドに横になると、ランドールの顔をじーっと見つめた。

「早く寝ろ」

ランドールがぶっきらぼうに言うけれど、ここで眠ってはもったいなさすぎる。熱のせいでだるいので眠いには眠いが、決して寝るものかとソフィアが目を見開いたままでいると、なにを勘違いしたのかランドールがソフィアの顔に張りついた前髪を払いつつ言った。

「なんだ、心細いのか？　寝るまではそばにいてやるから、さっさと寝ろ」

(……ああ、感動で本当に死にそう)

ランドールが優しい！　優しい優しい優しい優しい！

調子に乗ったソフィアは、布団の隙間から腕を出してランドールの方へ伸ばしてみた。するとランドールが遠慮がちに手を握ってくれて、ソフィアは悶絶する。

(鼻血！　鼻血が出そう！　どうしよう、朝まで起きていたい！)

興奮しすぎたソフィアは、それからしばらくの間、爛々《らんらん》と目を見開いてランドールを見つめ続け――

ランドールは、そんなソフィアが熱で頭がおかしくなったのではないかとさすがに心配になったらしいが、もちろん能天気なソフィアはそんなことを知る由もないのだった。

三章　悪役令嬢、ドレスを買う

ソフィアはご機嫌だった。

なぜなら、半ばあきらめていたランドールのお見舞いスチルをゲットできたのである。もちろんこの世界は現実でゲームではないから、スチルとして保存することは不可能だが、心のフォルダに保存済みだ。ああ尊い。

ランドールがお見舞いに来てくれてから三日。ソフィアの風邪はすっかり完治した。この三日間、ソフィアは気がつけば鼻歌を歌っているほどに機嫌がよくて、そんな彼女にオリオンはあきれ顔だ。

「あんたさあ、そんなんで満足してたら破滅エンドを迎えるよ？　進展っつったって、一ミクロンくらいしか前進してないじゃん」

「人の幸せに水を差さないで！」

この三日間。ランドールは相変わらず城で寝泊まりを続けていて、邸にはちっとも帰ってこない。オリオンの言う通り、ソフィアとランドールの関係はほとんど進展していないと言って間違いないだろう。ただお見舞いしてもらっただけだ。けれどもそれが心の底から嬉しくて幸せだったのだから、もうしばらくその幸福の余韻に浸っていてもいいだろう。

「奥様、料理長が、今日のお菓子はイチジクのタルトとケーキ、どちらがよろしいでしょうかと申しておりますが、どうされますか？」

侍女のイゾルテが部屋を訪れて、午後のティータイムのお菓子について訊ねてきた。

「タルト！」

ソフィアが答えるより早くにそう返したのはオリオンである。

ソフィアは半眼になった。

「あんた、それはわたしのおやつよ」

「いいじゃん、どうせわたしも食べるし。別にタルトでいいでしょ？　嫌なの？」

「そりゃあ、もちろんいいけど……」

こそこそと言い合っていると、イゾルテがくすくすと笑う。

「ソフィア様とオリオン様は本当に仲良しですね」

中性的な容姿ゆえに男性にも見られがちなオリオンだが、公爵家の使用人たちには嫁いできたその日にオリオンが女性であることを念押ししているので、どれだけ仲良くしていようと咎《とが》める人間はここにはいない。

城で暮らしていたときは、オリオンは自分の性別を勘違いする人間をそのまま放置していたから、ふたりの距離を懸念する人もいて、それはそれは面倒だったのだ。

イゾルテは料理長にソフィアの答えを伝えに戻りかけて、思い出したように振り返った。

「そうそう、お城から招待状が届いていましたよ」

「招待状？」

「ええ、おそらくパーティーの招待状だと思われますが……今、ヨハネスが中を確かめていますから、そのうちこちらに参ると――」

イゾルテが最後まで言い終わる前に、執事のヨハネスがやってきた。

ヨハネスはソフィアに招待状を渡しながら、目尻に皺をためて穏やかに微笑む。

「ダンスパーティーだそうですよ」

その一言で、ソフィアは社交シーズンがはじまっていたことを思い出した。

ソフィアは十五歳で社交界デビューをしているが、パーティーに出席したのはデビュタントボールのときだけで、あとは一度も出席していない。なぜなら、ソフィアにはパーティーに出席できない切実な問題があったからだ。

ソフィアは招待状を確かめて、困ったように眉をハの字に曲げた。

「まずいわオリオン。わたし……ダンスできない！」

そう。壁の花に徹していたデビュタントボールを除いて、ソフィアが一度もダンスパーティーに出席しなかった理由がこれだった。

言わずもがな、ソフィアは十四歳まで、自分が王女とも知らずに市井で暮らしていた。

侍女だった母は、王妃に仕えていただけあって知識豊富で、仕事で忙しい時間の合間を縫ってソフィアに教育を施してくれたものの、あくまで机上でできるもののみ。もちろん、城に引き取られてからソフィアに教師がつけられなかったわけではないが、ソフィアの教育は王妃や異母姉の妨害によって充分だとは言い難かった。

ソフィアは前世では普通の高校生だったし、この世界の歴史についても設定資料集を読み漁《あさ》っていたので、ある程度の知識は頭の中に入っている。けれども、王女として——いや、貴族令嬢として必要になる一般教養、例えばダンスやピアノなどと言った芸術要素は壊滅的だ。なぜならあの手この手で王妃が教育係を取り上げていたからである。

——一度に詰め込んだらかわいそうですものね。

建前上、王妃は王にそう進言した。

王はソフィアに甘いので、王妃の言葉を素直に受け取って、ソフィアの芸術面での教育を遅らせたのである。そして、芸術面の教育を受ける前にランドールとの結婚が決まって、花嫁修業に入った。花嫁修業と侮《あなど》るなかれ。公爵家に嫁ぐ以上、あれもこれも必要だと、ランドールが決まっていた教育内容にいくつも上乗せをしてくれたおかげで、結婚式の前日までソフィアは死ぬような思いをしたのだ。

（領地の細かい地理から経営学、ヴォルティオ公爵家が行っている事業と過去の実績とか、いる⁉）

そう言い返せればどんなによかったか。ランドールに『ヴォルティオ公爵家に嫁ぐのだから当たり前だ』とじろりとひと睨みされて萎縮《いしゅく》したソフィアは、当然反論できるはずもなく、積み上げられる課題に悲鳴をあげながら結婚式まで過ごした。

自慢ではないが、ソフィアは物覚えがいい方ではない。前世の高校での成績も中の下ほどだ。分刻みで組まれる花嫁修業のカリキュラムを前に、『そういえばダンスが……』などと言い出せるはずもない。

結果、ソフィアは社交界デビューをしたのにダンスが踊れないという悲惨な状況に陥っているのだ。

（ランドールが結婚式のあとに逃亡したおかげで、結婚披露パーティーで踊らなくて済んだのは逆に助かったのかしらね）

豪華なドレス姿でひとりでぽつんと上座に座らされたソフィアは、それはそれは居心地が悪かったが、今思えばあの苦行も、ダンスで赤っ恥をかくよりはましだった気がしてくる。

（はあ……どうしよ）

城で開かれるダンスパーティーの招待状の宛て先は当主であるランドールだが、彼が出席する場合、妻であるソフィアが出席しないわけにはいかない。ランドールが妻であるソフィア以外の女性を伴ってダンスパーティーに出席したならば、国王が激怒するのは目に見えているからだ。結婚式で逃亡したランドールはすでに王の逆鱗《げきりん》に触れているので、さすがに立て続けに王を激怒させるような行動はとらないはずである。たぶん。

（ランドール、あれで意外と怖いもの知らずなのよね）

度胸が据わっているというかなんというか、結婚式後に大激怒した王がランドールが使っている城の部屋に乗り込んで、二時間くらい延々と説教をしたらしいとヨハネスから聞かされたが、彼の態度を見る限りなにも変わっていないので、ただ聞き流していたのだろう。

だが、今回はおそらく――いや、間違いなく、ランドールはソフィアを伴うはずだ。

なぜなら――

（『ソフィアは元気か？　パーティーで会えるのを楽しみにしている』……お父様、余計な一言を書いてくれたわ……）

招待状の最後に、王の直筆でそう書かれていたのだ。これでソフィアを連れていかなかったらどうなるか、ランドールより頭の悪いソフィアでもわかる。

イゾルテとヨハネスが退出すると、招待状を片手にソフィアはオリオンに泣きついた。

「どうしよう！　どうにかしなきゃ！　ダンス教えてよ！」

「無理に決まってるでしょ。子供のころ、ダンスレッスンさぼって剣ばっか振り回してたから、わたしも踊れないし」

「運動神経いいんだからなんとかなるでしょ⁉」

「無茶言わないでよ、知らなきゃ教えられないって」

「じゃあどうするの⁉　ダンスパーティーは……ええっと、十日後じゃない！」

「あー……詰んだね」

オリオンが他人事のように言うから、やつあたりだとわかりつつもソフィアはキレそうになった。

「どうにかしてよ！」

「わたしにどうしろっていうのよ」

「なんでもいいから……ええっと、ほら、骨折したことにすれば……」

「大風邪引いたあとで骨折？　さすがに陛下がランドールにキレると思うけど」

「……だよね」

嫁いで短期間で重ねてなにかあれば、城に入り浸っているランドールが責められるのはわかりきっている。

「じゃあ、じゃあ……なんとかしてパーティーを断る方法はないかな」

「無理でしょ。だって陛下、ソフィアに会いたい一心で、招待状に一筆添えたんだろうし」

「だよね……」

ソフィアはぐったりとソファに体を沈めた。万策尽きた。万策も思いつかなかったけど。

「十日か……。ダンスって十日でなんとかなるものなの？」

「さて、どうかしらね。付け焼刃《やきば》でいけるかどうかは、あんたのリズム感と運動神経次第」

「……ソフィアって、運動神経抜群で頭もいいパーフェクトな設定だったわね？　難点は性格だけ」

「そうだけど、中身があんたの時点でその設定はどうかしらね？」

「ぐ……」

言われてみれば確かにそうだ。いかにゲームの設定上のスペックが高かろうと、今のソフィアは自分である。前世の自分のスペックを考えればかなり無理があった。

「あーもう！　悩んだって仕方ない！　とりあえず形だけでも覚えなきゃ赤っ恥よ！」

ソフィアが恥をかくだけならばいいが、ソフィアが失敗すればもれなくランドールも恥をかくわけで……あー、間違いなく怒られる。

（まずはヨハネスさんに相談しなきゃ！　ヨハネスさんは頼りになるから、きっとだめなわたしでもそれなりに見えるように猛特訓してくれるはずよ！）

そうと決まれば善は急げだと立ち上がったソフィアだったが、オリオンが思い出したように口にした一言に足を止めた。

「そういえば、ダンスパーティーといえば赤ワイン事件があるわねえ」

「……あー、あれ？　ソフィアがキーラのドレスに赤ワインをかけるやつ？　でもそれ、まだ二年も先のことでしょ？　第一、わたしはムカついてもキーラのドレスに赤ワインなんてかけないわよ。どんな仕返しされるか……あとが怖いもん」

「そうだろうけど、すでに流れがゲームの設定と変わってるんだから、用心するに越したことないでしょ」

「……そうよね」

なにが起こるかわからない。なぜならソフィアはこの世界では悪役令嬢のポジションだ。油断していると足元をすくわれる可能性が多分にある。

「やっぱり目指せラブラブ夫婦よね。仲良くなって、ランドールに守ってもらうんだもん」

「あんたの頭は単純にできてていいわねえ。ま、そのためにも、なんとかしてダンスパーティーを乗り切りなさいな。ダンス、上手に踊れたら、ランドールもちょっとはあんたを見直すかもしれないよ？」

「それだ！」

ソフィアはパッと顔を輝かせると、びしっとオリオンに人差し指を突きつけた。

「さすがオリオン、名案よ‼」

ランドールはソフィアのことを〝庶民の偽物王女〟だと思っている。ここで王女らしい気品溢れる立ち振る舞いを見せれば、彼のソフィアを見る目も変わるってものだ。

しかも、ダンスといえばランドールとの距離も近い。あの麗しのご尊顔を間近で見られる大チャンスなのである。

さっきまでの暗澹《あんたん》たる思いはどこへやら、ソフィアは俄然《がぜん》やる気になって、天井に向かって拳を突き上げた。

「よし、頑張らなきゃね！」

そうしてソフィアはスキップしそうな足取りで部屋から飛び出して、ヨハネスを探しに行ったのである。

＊　＊　＊

さすがはヨハネス、頼りになる。

ソフィアが『ダンスが踊れない』と泣きついた翌日から、ヨハネスはソフィアのためのダンスレッスンを組んでくれた。

すぐに教師を手配できないのではないかと思ったけれど、そこも無問題。執事補佐であるヨハネスの息子カイラルは、ダンスの心得があるというのだ。なんてスペックが高い執事親子だろう。

かくして、ヴォルティオ公爵家の使っていない小ホールは、ソフィアのダンスのレッスン場と化したのである。

「時間がないのでワルツだけにしましょう。城のダンスパーティーは基本、ワルツばかりですから、これさえ覚えておけば乗り切れますよ」

カイラルは今年三十歳になる姿勢のいい男性で、優しそうな目元がヨハネスにそっくりだ。

ど素人のソフィアでも素敵だと思えるピアノの腕を披露してくれているのは、カイラルの妻で公爵家のメイドのひとりでもあるレベッカである。

カイラルの指示で、レベッカはスローテンポのワルツを奏でてくれているが、窓から差し込むぽかぽかの日差しと相まって、なんとも眠たくなるようで――ソフィアはもちろん、昼寝をしているどころではないのだが、ソフィアについてきたオリオンは立ったまま腕を組み、壁に背中を預けて眠っていた。器用なものである。

「最初は足元を見てもかまいませんよ。慣れてきたら顔は前に、背筋を伸ばして」

カイラルのリードが巧みだから、はじめて踊るソフィアもなんとかステップを踏むことができる。ヨハネスによれば、ランドールのダンスの腕はカイラル以上だというので、形式さえ覚えておけば彼がうまくリードしてくれるだろうとのことだった。

「そうそう、お上手ですよ」

カイラルが褒め上手だからか、前世でフォークダンスしか踊ったことがない割には、様になっている気がする。

（これでなんとかなる気がする……！）

こうして、ソフィアのダンスの猛特訓がはじまった。


「きーんーにーくーつーうー」

みっちり三時間行われたダンスレッスンのあと、ソフィアはぐったりとベッドに横になっていた。

経験のないダンスはソフィアの体力を極限まで消耗させた。足は痛いし、全身がぴくぴく突っ張っている気がするし、とにかく疲れた。

ソフィアがベッドの上でごろごろしていると、イゾルテがオイルや化粧品を山ほど持ってきた。

「奥様、マッサージいたしましょう！　ついでにパーティーに向けてお肌のケアもさせていただきたいですわ。奥様は白くてきめ細やかなお肌をされていますけれど、見たところ少々乾燥が……。乾燥は小じわの原因になってしまいますからね」

なんと、貴族女性は十六歳で小じわの心配をしなければならないらしい。

（前世でも化粧水すら使ったことがなかったのに……小じわ。そういえばお母さんが気にしてたなあ）

前世の母を思い出してソフィアがちょっぴりしんみりしていると、イゾルテが「さあさあ」と急かしてくる。仕方がないので、イゾルテが用意したマッサージ台にドレスを脱いで横になった。

（そういえば、すっかり、人に裸を見られても恥ずかしくなくなったわね。つまりちょっとは王女らしくなったってことよね？　うんうん、いい傾向だわ）

城で暮らしていたときも、風呂に入るときや着替えにはメイドがついていた。さすがに王妃でも、日常生活に必要なメイドまでは取り上げられなかったとみえる。裸を見られるのは最初は恥ずかしかったけれど、日を追うごとに慣れていくもので、今では服を脱がされても風呂で体を洗われてもちっとも気にならなくなっていた。

うつぶせ状態で横になると、ローズのいい香りがした。オイルに香りがついているのだろう。イゾルテが手のひらで温めたオイルを背中に伸ばして、絶妙な力加減でマッサージをしていく。

（うわっ、気持ちいい……！）

マッサージは初体験だが、癖《くせ》になりそうなほどに気持よかった。

首や肩甲骨をほぐされていくうちに瞼が重たくなり、いつの間にかソフィアは熟睡してしまったらしい。頭のてっぺんからつま先までピカピカに磨き上げられて、終わりましたよとイゾルテに起こされたときには二時間が経過していた。

寝起きでぼーっとしながらも、何気なく頬に触れて、その吸いつくような感触にびっくりする。

「すごい、もちもち！」

声に出して驚くと、イゾルテが得意げに胸を張った。

「奥様の肌質がいいのです。磨きがいがありますわ」

肌質云々《うんぬん》はよくわからないが、これはすごい。自分の肌なのにいつまでも触っていたいほどだ。これをダンスパーティーの日まで続けていれば、ランドールだってソフィアのことを見直すに違いない。

オイルを流すと言うので、いったんガウンを着せてもらって、イゾルテとともにバスルームへ向かう。いつの間にかバスタブには湯が張ってあった。マッサージ中にメイドが準備を整えてくれていたのだろう。

バスルームも、マッサージオイルと同じローズの香りがする。香りの正体は、猫足のバスタブに浮かんでいる薔薇《ばら》の花びらだ。最初はもったいなくて抵抗があったけれど、イゾルテによると、庭師が咲ききった薔薇を剪定《せんてい》するので、バスルームにはそれを使っていると聞いて思い直した。

ランドールの母である前公爵夫人が領地で暮らすようになってから女主人不在だった公爵家では、剪定したその薔薇は捨てるだけだったそうだ。わざわざバスタブに浮かべる薔薇を剪定しているわけでないなら、むしろ大歓迎である。

バスタブに浸かっている間に、イゾルテが髪の毛を洗ってくれる。頭皮マッサージもしたから髪がオイルだらけなのだそうで、洗う手つきはいつもよりも丁寧だ。

「そういえば奥様、ダンスパーティーのドレスはいかがいたしましょうか。日がございませんので、フルオーダーは間に合いませんが、セミオーダーでしたらご用意できるかと思います」

「あれ？　ドレス、たくさんなかったっけ？」

ランドールと結婚する際に、国王が用意させたドレスがクローゼットに眠っているはずだ。ランドールと結婚してから一度も外出していないソフィアは、普段は部屋着用の楽なドレスしか着ていないから、袖を通していないものがたくさんある。

ソフィアがそう返せば、イゾルテが目を見開いた。

「新しく用意なさいませんの？　せっかくのパーティーですのに……」

「そんなにたくさんあってもねー。着る機会もないだろうし、もったいないじゃない？」

ソフィアは貧乏性だ。

前世は一般家庭で育ったし、今世は城に引き取られるまで超がつくほどの貧乏で、服は破れたら布を当てて補強して着ていたほどだ。ヴォルティオ公爵家が掃いて捨てるほど金がある金持ちだろうと、パーティーのためだけに金貨が何枚、何十枚も必要なドレスを新調するのはもったいなさすぎる。

ちなみに、この世界には大きく分けると銅貨、銀貨、金貨の三種類が存在する。厳密に言えば、〝なんとか金貨〟という恐ろしく価値の高い金貨がほかに数種類も存在するらしいが、見たことがないのでわからない。

日本円に換算すると、銅貨が千円程度、銀貨が一万円程度、金貨が十万円程度の価値だ。

銅貨の下には小銅貨というものが存在して、一枚当たり十円ほど。ソフィアが市井で暮らしていたときは小銅貨と銅貨しか見たことがなかった。

貴族社会ならいざ知らず、王都とはいえ市井で暮らす一般市民は月に二万円程度あれば生活でき、さらにその中でも貧乏だったソフィアたち母子は月一万円足らずで生活していたので、銀貨などお目にかかったことがなかったのである。

(ロールパン一個が十円……じゃなかった、小銅貨一枚だものね。ドレスってロールパンがいくつ買える価値なのか……恐ろしい)

そのドレスを使い捨てるかのように次々と新調していく貴族社会はもっと恐ろしい。そんな金があるなら貧乏市民に施しをしてほしいものである。

「そう……ですか。せっかくのパーティーですのに……」

ソフィアの髪に慎重に湯をかけながら、イゾルテが残念そうにつぶやいたが、着ていくものがないならいざ知らず、いくらでもあるのだから不要なものは不要なのだ。

(そもそも、この家のお金を勝手に使っていいかどうかもわかんないからねー)

ソフィアは嫁いだが、夫に妻らしい扱いを受けていないソフィアが、ヴォルティオ公爵家のお金を好きに使ってはだめだろう。使っていいと言われても、欲しいものなんて思いつかないから、使い道がないのであるが。

(使用人のみんなは優しいし、食事もお菓子もお茶も美味《おい》しいし、部屋は広いし、こ

んな天国はほかにはないわ）

いつ嫌がらせをされるかとビクビクしていた城の生活とは大違いなのだ。ランドールは相変わらず冷たいけれど、嫁いできた妻を暗い地下室に閉じ込めるような冷酷な人間ではない。ここはとっても居心地がいいのだ。だから、これ以上の贅沢は不要である。

「ドレス、あとで選ばないとねー」

「……そうでございますね」

イゾルテがまだ納得いかないような顔をしていたけれど、バスタブに浸かって髪を洗ってもらっているソフィアはそれには気がつかず、マッサージとお風呂で気分がよくなった彼女は、ふんふんと鼻歌を歌いはじめた。

◇　◇　◇

城の自室で書類を片付けていたランドールのもとをイゾルテが訪ねてきたのは、ソフィアのダンスレッスンがはじまった翌日のことだった。

至急の用件だと言ってやってきたイゾルテは、ランドールの顔を見るなり、挨拶もそこそこにこう切り出した。

「奥様のドレスを購入させてください」

「は？」

至急と言うからどんな大ごとかと思えば、イゾルテの口から飛び出したのはソフィアのドレスを新調したいという申し出。

ランドールは目を丸くして、書類に走らせていたペンを置いた。

「ドレス？」

「そうです。今度お城で開かれるダンスパーティーに着ていくドレスが必要です。それに社交シーズンですもの、何着か新調させてくださいませ」

イゾルテの鬼気迫る様子にランドールは唖然《あぜん》としたが、彼女は本気だった。ソフィアは不要と言ったが、イゾルテは諦めていなかったのである。せっかく美しい奥様なのだ。イゾルテの自慢の奥様である。せっかくの機会なのだから、他の追随《ついずい》を許さないほどに着飾って、みんなの注目の的になってほしい。

そんなイゾルテの魂胆《こんたん》には気がつかないランドールは渋面を作った。

「あれが欲しいと言ったのか？　贅沢なことだな」

ランドールは貴族女性がいかに金がかかるものかを知らない。母がいたときは母のドレスはすべて父とヨハネスが準備していたし、ソフィアが来てからは一度も身の回りのものを頼まれたことはない。ゆえに、どうしてドレスを何枚も買う必要があるのか、ランドールには理解できないのである。

ランドールの問いかけに、イゾルテはムッとしたようだった。

「奥様はなにもおっしゃいません。とてもつつましやかな方なのです。今までなにかを購入したいと言われたことはございませんし、今回だってドレスはたくさんあるから不要だとおっしゃいます」

「ならばいらないだろう」

「お言葉ですが、旦那様はドケチでございますか？」

「ド……なんだって⁉」

ランドールは目をむいた。ドケチ？　ケチだと？　そんなセリフ、今まで生きてきて、一度も言われたことはない。

「失礼ながら旦那様。もちろんご存じでしょうがあえて言わせていただきます。奥様は嫁いでこられてから今日まで、銅貨一枚たりともお金を使われておりません！　それなのに、ダンスパーティーのためのドレスの購入も許さないなんて、ドケチ以外のなにがございますか？」

ランドールはあんぐりと口を開けた。イゾルテは母方の遠縁にあたるからか、ランドールに対しても容赦《ようしゃ》ないところがあるが、ここまで言われたのははじめてだ。

「だが、本人がいらぬと言ったのだろう？　ならば購入する必要はないじゃないか」

「奥様が恥をかかないためにです！」

「……恥？」

「いいですか、旦那様。旦那様は朴念仁《ぼくねんじん》なところがございますからご存じないのでしょうが、ダンスパーティーで着るドレスは、いわば戦に向かう兵士の軍服と同意でございます！　ましてや奥様は王女殿下。ドレスは最新の流行のものを！　完璧に美しく武装してなんぼでございます！　ええ、どなたにも負けてはなりません！　それが我々使用人のプライドであり、ひいては旦那様の評価にもつながるのです。とっても重要なことなのです‼」

「馬鹿馬鹿しい」

ドレス一着でランドールの評価が左右してたまるか。ランドールが吐き捨てると、イゾルテは片眉を跳ね上げた。

「そうですか、わかりました。ではもう旦那様にはお頼み申し上げません。わたくし、これから陛下のもとへ行って参ります。陛下にお願いすれば、奥様のドレスの一着や二着や三着、ご用意してくださるに違いありません！」

「ふざけるな！」

妻のドレスを舅《しゅうと》に頼むなど、どれほどランドールが恥をかくと思っているのだ。

ランドールは怒鳴ったが、イゾルテは「ふざけてなどおりません」とキッと睨み返してきた。

「いったい旦那様は奥様をなんだとお思いですか！　奥様に貧乏生活をさせてみじめな思いでもさせたいのでございますか⁉　貧乏貴族ならいざ知らず、掃いて捨てるほどのお金があるというのに、ドレスの新調も許さないとは……、いい加減、我ら使用人の堪忍袋《かんにんぶくろ》の緒も切れそうでございますよ！　奥様はそれはそれは気さくで優しくて、びっくりするくらい可愛らしい素敵な方なのに、なにがそんなに気に入らないんですか‼」

「………………」

あまりの剣幕に、ランドールは閉口するしかなかった。

睨み合うこと数十秒。

折れたのはランドールの方だった。

「好きにしろ」

ランドールの口からその言葉が出た途端、イゾルテはパアッと顔を輝かせて、「ありがとうございます！」と叫んで部屋から飛び出していった。

残されたランドールは、まるで嵐が過ぎ去ったあとのように、ぐったりと疲れてしまったのだった。

四章　悪役令嬢、ダンスパーティーで注目を集める

ランドールと結婚してまだ一か月も経っていないのに、馬車から降りたソフィアは目の前の城を見上げるなり、懐かしさを覚えてしまった。

城には思い出らしい思い出はなにもない。むしろ嫌な記憶しかないけれど、十四歳の春から十六歳の秋までの二年と半年、多少なりともここが自分の〝家〟だと認識していたのだろうか。

（それにしても、まったく……イゾルテの行動力にはびっくりだわ）

公爵家の馬車から降りたソフィアが身につけているのは、デコルテの開いたライラックのシフォンドレスだ。肩には淡いブルーのストールがかけられている。これはイゾルテがランドールに直談判して新調したものだ。フルオーダーが間に合わないのが悔しくて仕方がなかったのか、今日着ているドレス以外にも二着、フルオーダーで注文中でもある。いらないと言ったのに、『必要でございます』と珍しく言い返してきたイゾルテの剣幕を思い出して、ソフィアは苦笑するしかない。

――いいですか、奥様。流行のドレスを新調するのはなにも奥様のためだけではご

ざいません。奥様が美しく着飾っていないと、旦那様が恥をかくのでございます！

イゾルテにそう言われては頷くしかなかった。うまく言いくるめられた気がしないでもないが、自分はともかくランドールに恥をかかせるわけにはいかないからだ。

ダンスパーティーがはじまるよりも早くに到着したソフィアは、すぐに国王に呼ばれた。

ランドールはギリギリまで仕事をすると言っているので、城の彼の自室にいるのだろう。

同行してくれたオリオンとイゾルテを、城の自室に残して、ソフィアは父王の私室に向かった。

ソフィアが部屋に入ると、ソファで寛いでいた国王は急いで立ち上がって、ぎゅうっと娘を抱きしめる。そのまま頬ずりまでされたが、最近の父王は顎髭《あごひげ》を伸ばすのがマイブームなので、ごわごわするからやめてほしい。

「ソフィア、元気だったか？　不自由していないか？　なにかあればすぐに言うんだぞ？」

まったく、国王は心配性だ。

「大丈夫ですわ、お父様。公爵家の皆さんはとても親切で、毎日楽しく過ごしています」

若干一名、夫であるランドールを除いてではあるが、わざわざそれを告げ口する必要はないだろう。

ソフィアは王と並んでソファに座り、勧められるままにクッキーに手を伸ばした。ソファの前のローテーブルの上には、ソフィアのために用意したのだろう、たくさんのお菓子が並んでいる。

この国王は、王妃の尻に敷かれているとても情けない父親であるが、ソフィアを愛しているのは本当のようで、とにかく甘い。だからだろうか、ちっとも頼りにならなくて、『王妃とかキーラにガツンと言ってよ！』とイライラしたことも度々あるが、ソフィアはこの情けない父親のことがそれなりに好きだった。

王妃や異母兄姉、それに仕えている臣下のほとんどが敵だったという四面楚歌《しめんそか》の中で、父王だけが能天気に『ソフィア』と笑いかけてくれて——それに慰められたことは一度や二度ではない。

「今日はまた大人っぽい姿だな。見違えたよ」

「これは侍女のイゾルテが頑張ってくれたのですわ」

ブルーのストールを留めている薔薇の形をしたブローチは、嫁ぐ際に父王にもらったものだ。首にかけているのは母の形見のエメラルドのネックレス。どうやらこれは本物のエメラルドで、なんと三代前の王妃が使っていたものらしい。

国王がソフィアの母にプレゼントしたもので、ソフィアに譲り渡したと公言したため、国宝に値するこのネックレスを身につけていても咎められることはないというが、本当に大丈夫だろうか。

ちなみに、それを聞いた王妃とキーラはものすごい剣幕で怒りだし、国王の許可なく勝手に宝物庫を開けさせると、自分好みの宝石類を勝手に持ち出したらしい。国王は『使っていないものだし、売り払わなければいいだろう』と笑っていたが、ここで咎めないから王妃やキーラが増長するのだ。

グローブの上につけている華奢《きゃしゃ》なブレスレットも、国王からのプレゼントだった。ハーフアップにした金髪を留めている真珠の髪飾りは、イゾルテが新調したものである。

イゾルテが『渾身《こんしん》の出来！』と自画自賛するほどに、頭のてっぺんからつま先まで飾り立てられたソフィアは、自分でも驚くほどに化けていると思う。ランドールと七歳も離れているので、彼に見合うように少し背伸びした感は否めないが、もともと顔立ちが整っているからか違和感はない。

国王はじーっとソフィアの顔に見入って、唐突にうるうると瞳を潤ませた。

「こうしてみると、お前は母親に似てきたな」

「お母様ですか？」

ソフィアはリゼルテの顔を思い出した。

リゼルテはソフィアと同じように緩く波打つ金髪にエメラルド色の瞳をしていた。近所でも評判の美人で、求婚者が現れたことも一度や二度ではない。今思えば、誰が求婚してこようと首を縦に振らなかったのは、ソフィアの出生のせいもあるかもしれなかった。ソフィアのせいで母は苦労したのだろう。

城の侍女をしていたリゼルテはどこかの貴族かもしくはその縁者である可能性が高いのだが、多くを語ろうとしなかったため、ソフィアは母のことをあまり知らない。ゲームの設定資料集にも、ソフィアの母については書かれていなかった。

(確かに、顔立ちは母さんに似ているかもね)

瓜ふたつというわけではないが、似ていると言われれば似た箇所も多い気がする。

「あれが城を去ったとき、私はなにもしてやれなかった。もしあのときにお前を身ごもっていることを知っていたら、ほかにやりようもあっただろうに、それだけが今でも悔やまれるよ……」

昔を思い出したのか、国王はそのまま泣きだしてしまった。

国王の背中を撫《な》でながら、ソフィアは黙って城を去ったという今は亡き母に思いをはせる。

母はどこの誰で、どういう経緯で王妃の侍女をしていたのだろうか。そして、どうして王妃の侍女の立場で国王と関係を持ったのだろう。

――とっても、素敵な方よ。

父親のことを訊ねた幼い日のソフィアに、リゼルテはそう言って笑った。

国王と関係を持ったことも、ソフィアを産んだことも、母はこれっぽっちも後悔していないようだった。

ちょっぴりリゼルテの過去が気になる気もするけれど、ソフィアはあえて父に母のことを訊ねなかった。

いずれ知るときが来るかもしれないし、来ないかもしれない。だが、ソフィアの中には十四年分の確かな思い出があるから、それでいいのだ。

「お父様、ほら、泣きやんでください」

ソフィアは国王の背中を撫でながら、昔を思い出して泣くほどには、父は母を愛していたのだなと思って、ちょっぴりほっとしたのだった。

国王の部屋から退出したソフィアは、オリオンたちの待つ自室に戻ると、パーティーの開始時間までそこで過ごした。

「なにが起こるかわかんないから、くれぐれも気をつけてね」

オリオンに耳打ちされて、ソフィアは小さく頷く。

護衛であるオリオンはパーティーには参加できない。パートナーはソフィアを守ってくれるどころか、偽の王女だと疑っているランドールである。油断していると、気がついたときには取り返しのつかないことになっている……なんてことにもなりかねない。

イゾルテが口紅を直すというので化粧台に座ると、ソフィアはまじまじと鏡に映る自分の顔を見つめた。

心なしか、顔が強張っている気がする。二年間嫌な思い出ばかりだった城にいるのだ、無理もないかもしれないが、固い表情は華やかなパーティーにはそぐわない。

この日のために、イゾルテが頑張ってマッサージを続けてくれた。ヨハネスやカイラル、レベッカがダンスレッスンをしてくれた。ドレスまで新調してくれたのだから、つまらないパーティーにはしたくない。

「なにかあったら呼びなさいね。大広間の外の扉の前にいるから、あんたが悲鳴でもあげればそれを理由に会場に飛び込むくらいできるわ」

「ふふ、ありがと」

ソフィアが緊張しているからか、オリオンもいつも以上に心配性だ。

オリオンは軽口は多いし、たまに容赦ないけれど、専属の護衛だし、やはり前世からの親友だけあってソフィアのことを気にかけてくれている。会場の中には味方はいない状況だけれど、会場の外にオリオンが控えていてくれるというだけで、何倍も心強い。

化粧直しを終えて、少しだけリラックスしたソフィアがオレンジ色に染まる窓外を眺めていると、コンコンと扉が叩かれた。

イゾルテが扉を開けると、扉の外にはランドールが立っていた。そろそろパーティーがはじまるから迎えに来てくれたのだ。

相変わらず仏頂面のランドールはしかし、窓際に立つソフィアを見るなり動きを止めた。はしばみ色の切れ長の双眸を小さく見開いて、癖になっている眉間の皺も消える。

ふふん、とイゾルテが笑ったのが見えた。

ソフィアの出立ちはイゾルテ渾身の力作だ。ライラックのシフォンドレスも、華奢なソフィアだからこそ着こなせるようなデザイン。やや大きめに開いた襟ぐりは、折れそうなほどに細い首からのライン、そして綺麗に浮き出た鎖骨を強調している。デコルテラインを見せるデザインにしたのは、リゼルテの形見である大ぶりのエメラルドのネックレスを目立たせる意図もあるというが、ソフィアはファッションには疎いのでよくわからない。

コルセットを必要としないほど細いウエストラインだからこそ実現できた、上半身はぴったりと体のラインに沿うドレスだ。スカート部分は何枚も布を重ねて綺麗なグラデーションを作り、一枚一枚のうす布がふんわりと空気を含んで広がるから、よりウエストの細さが強調される。

ランドールが棒立ちになったままなので、ソフィアはスカートをちょんとつまんで首を傾げた。

「どう……かな？」

ソフィアは七歳年上のランドールに敬語を使わない。城に連れてこられて、最初は敬語で話していたのだが、ランドールに叱責されたのだ。立場上、王女であるソフィアはランドールよりも身分が上になる。自分より身分の下のものにへりくだるな、と。

ただ、そのおかげでランドールにタメ口を使うことは慣れたけれど、ランドール以外の人にはついつい敬語が出てしまったりもするので、ランドールに気づかれるとまた怒られそうな気がするが。

「どこか、変かな？」

ドレスが大人っぽすぎるだろうか。それとも化粧が濃すぎるだろうか。ポイントメイクは濃いめの色を入れられたが、厚化粧というほどではなかったと思う。けれども、男性の目にはもしかしたらけばけばしく映るのかもしれない。

ソフィアが不安になっていると、ランドールが慌てたように視線を逸らした。

「行くぞ」

「え、あ、うん！」

なにか言いたそうに見えたのに、結局なにも言われなかった。

ソフィアがランドールの腕に手を添えると、彼はそのまま無言で部屋を出ていく。

(ランドールにエスコートされるのははじめてね)

結婚式では逃亡されたし、そのあとの結婚披露パーティーにも彼は現れなかったから、ランドールとパーティーに出るのはこれがはじめてだ。

ソフィアはちらりとランドールを見上げた。彼は背が高いから、ヒールを履いてもソフィアの頭はランドールの肩の下だ。……見上げるとちょうど視界に入るシャープな顎のラインがたまらない。

今日のランドールはパーティーだけあっていつもと少し違う雰囲気だ。少しだけ長い赤毛は整髪料で後ろに流すように固められていて、滅多に身につけないアスコットタイにドキドキする。タイは銀色だが、エメラルド色の糸で刺繍が入っていた。ソフィアの瞳の色に合わせてくれたのだろうか。そうだったら嬉しい。

（カッコいいなあ。これで優しかったらなー）

ソフィアは『グラストーナの雪』の中の、キーラとランドールのパーティーシーンを思い出した。両親が殺害されたことをきっかけに心を閉ざしていたランドールは、ヒロインに少しずつ心を許しはじめている段階で、彼女を城の部屋へ迎えに行き、着飾った彼女を見て頬を染めてこう言うのだ。

——似合っている。

ここで、綺麗だ、とか、可愛いな、とか言わないのがランドールなのである。照れくさそうに、ぶっきらぼうに、心なしか小さな声で、不器用な彼が放つただ一言の『似合っている』。思い出すだけで『きゃー！』と叫んで悶絶できる。

（……『似合っている』、欲しい）

ソフィアの中に小さな欲が生まれた。

「ねえ、ランドール。今日のドレス、どう?」

ランドールは無言でソフィアを見下ろして、それからパッと視線を逸らす。

「変?」

なにも言ってくれなかったので重ねて問うたが、これにもランドールは返事を返してくれなかった。

ランドールから欲しい反応が得られなくて、ソフィアはちょっぴり拗《す》ねると、足を止めて彼の腕をグイと引っ張った。

「ねえねえ、どう? 変? 変なら着替えてくるけど」

似合っているという一言は無理だとしても、無視しなくてもいいではないか。

やはり大人っぽすぎるのだろうか。予備のドレスは持ってきているので、なんならもっと年相応の可愛らしいドレスに着替えてきてもいい。

(この格好が気に入らないなら、迎えに来たときにそう言えばよかったのに!)

パーティー開始までもう時間がない。着替えるのならば急がなければいけないだろう。

ランドールがなにも言わないので、業を煮やしたソフィアはくるりと踵《きびす》を返した。

せっかくのパーティーだ。ランドールに可愛いと思われる格好がしたいのである。

ソフィアは慌てて来た道を引き返そうとしたが、その前にランドールに手首を掴まれた。

「ま、待て。別に変じゃない」

「……そう？　本当に？」

「ああ」

「じゃあ、似合ってる？」

「…………」

ただ頷きさえしてくれれば満足なのに、ランドールがまた押し黙るから、ソフィアはムッとした。

「やっぱり着替えて――」

「待て！　だから……」

ランドールはソフィアから手を放すと、ぷいっと顔を背けた。そして、ぶっきらぼうに言う。

「……悪くない」

ソフィアは驚愕した。

（え？　悪くない？　悪くないって言った？　ランドールが？　あれ、もしかしてランドール、ちょっと照れてる？　うわあああああっ）

萌える！

（どうしよう、ランドールが可愛い可愛い可愛い！）

ソフィアは叫び出したくなる衝動をこらえて、ランドールが差し出した腕を取った。

似合っているとは言われなかったけれど、〝悪くない〟いただきました！

（イゾルテ、まじでグッジョブ‼）

ダンスパーティーが終わったら、感謝を込めてイゾルテの肩をもんであげよう。明日のティータイムのおやつもイゾルテに全部プレゼントである。

ソフィアはほんのり赤く色づいているようにも見えるランドールの横顔を見上げて、小さな幸せを噛みしめた。

ダンスパーティーは城の大広間で開催される。

ソフィアは知らなかったが、今日のパーティーは、結婚披露パーティーの前に逃げ出したランドールへの、国王の小さな意趣返しだった。

愛娘の結婚披露を台無しにしてくれた甥を懲らしめてやるのだと、ランドールに参加を強要したのである。

結婚披露パーティーは台無しになったが、今日のパーティーを愛娘の結婚披露に充てればいい。表向きはただのダンスパーティーだから王妃も邪魔をしないだろう。これが国王の目論見である。

そうとは知らないソフィアは、王と王妃に挨拶を終えたあとで、パーティーの進行役からファーストダンスに指名されて目を白黒させた。

ファーストダンスはソフィアとランドール、そして王女のキーラと王子のヒューゴである。ランドールも聞かされていなかったようで驚いていたが、名前が呼ばれたあとでは逃げようもない。

戸惑っていたソフィアは、ランドールとともにダンスホールへと足を向けた。

大きく円を描くようにあけられたダンスホールは、何十組の男女が一斉に踊れるように整えられているので恐ろしく広い。そこにランドールとソフィア、キーラとヒューゴの四人しかいないのだから、当然大注目だ。

新婚の王女夫妻、そして王子と王女のダンスに、招待客は興味津々である。

（うう、お父様め、やってくれたわね……！）

王はよかれと思ってのことだろうが、ダンス初心者どころかおしりに殻《から》をつけたひよこ状態であるソフィアには荷が重すぎる。

ちらりとキーラを見れば、目が合った彼女は空色の瞳を細めてふふんと笑った。

（絶対失敗するって思ってるわね……！）

周囲の視線に萎縮していたソフィアだったが、キーラの意地悪な視線でやる気に火がついた。せっかく猛特訓したのだ。笑われたままでなるものか。

優雅なスローテンポのワルツが奏でられると、ランドールのリードでゆっくりと足を動かす。ソフィアにダンスを教えてくれたカイラルが言った通り、ランドールはダンスがとても上手だった。カイラル以上に踊りやすい。

ランドールも、ダンスパーティーで妻に恥をかかせるつもりはないようで、途中でソフィアがステップを間違えても、難なくフォローしてみせる。

ダンスがはじまったときは緊張してそれどころではなかったソフィアも、多少失敗したところでランドールがフォローしてくれるのだと気づけば楽しむ余裕が出てきた。

よくよく考えてみれば、ランドールとここまで距離が近くなったのははじめてである。

ランドールの右手がしっかりとソフィアの腰に回っていて、左手は優しくつながれている。なにより密着具合がすごい。この距離感を自覚した途端、ソフィアの頭の中がピンク一色に染まった。

（うわーっ、なにこれなにこれ！　ランドールに抱きしめられてるみたいなんですけどっ！　というか手おっきぃ！　ぎゅうってもっと強く握ってくれてもいいのに！どさくさに紛れて抱きつきたいぃぃ！）

ソフィアがランドールのシトラス系のコロンの香りと密着具合にぽわんと酔いしれていると、彼女を見下ろしたランドールが少しだけ心配そうな顔をした。

「緊張しているのか？　ステップは気にしなくていいから、笑顔で踊りきればいい。周りの人間は、お前の足元ではなくて表情を見ているんだ。お前が多少間違えても俺がなんとかできる」

ランドールがそうささやいてくれたから、ソフィアは頭の中が茹《ゆだ》るかと思った。

こうして、ソフィアの人生初のファーストダンスは、ランドールのカッコよさに悶《もだ》えている間に幕を閉じたのだった。

◇◇◇

キーラ・グラストーナは持っていた扇をへし折りそうになった。

父がソフィアをファーストダンスに指名したときは、ランドールには悪いがソフィアに恥をかかせられるとほくそ笑んだのに、ダンス教育を受けていなかったソフィアはどういうわけか最後まで見事に踊りきったのだ。

そればかりか、新婚だというだけで先ほどからかなりの注目を集めている。

キーラは今日、最新の流行のドレスを身につけて、自慢の艶やかな金髪を高く結い上げ、大粒の真珠の髪飾りをつけ、頭の先から足の先まで完璧に整えてきた。

当然、いつものように会場の視線は独占できると思っていたし、ファーストダンスで失敗したソフィアを憐れみつつも陥れて、孤立させてやろうと思っていたのに。

(なんであんな庶民がわたくし以上に目立っているの⁉)

今宵の主役はキーラのはずだ。城のパーティーでは——いや、キーラが出席するパーティーではいつもキーラが主役だった。キーラは自分の儚げな美貌がどのような印象を与えるかをよく知っているし、どのような表情を浮かべれば相手の心を虜《とりこ》にするかも知っている。

キーラの笑顔ひとつで、誰もがキーラに夢中になる。キーラはいつも主役で、いつも注目されていて、いつも一番であるはずなのに——

「ソフィア様がパーティーに出席されるのははじめてかしら?」

「デビュタントボール以来ですわね」

「あのときも可愛らしいと思いましたけれど、本当にお美しくなられましたわ」

「ふふ、まるで妖精が飛ぶように軽やかに踊られるのね」

「ヴォルティオ公爵と並ばれると一枚の絵画のように見えますすわ」

キーラのすぐ近くで談笑している夫人グループの話し声が聞こえると、キーラはぎりりと奥歯を噛んだ。

王妃の派閥に属している夫人や令嬢は、当然ソフィアのことをよく思っていない。キーラと仲のいい令嬢たちもそうだ。しかし王妃やキーラがグラストーナ国すべての貴族を掌握しているわけもなく、彼女たちと関わりの薄い者は庶民であるソフィアを王女だと疑っていない様子。それどころか、近くに正統な王女であり、ソフィア以上に美しいキーラがいるというのに、そっちのけでソフィアを褒めそやす。

（あれはレヴォード公爵夫人の派閥じゃないの……！）

レヴォード公爵家は名門公爵家だ。公爵家の中で一番王族に近いのは、前公爵が王弟であるヴォルティオ公爵家だが、ヴォルティオ公爵家はまだできて日が浅い。公爵家の中で歴史が古いのはレヴォード公爵家と、王の従弟が当主のオルト公爵家。

その歴史ある公爵家のひとつであるレヴォード公爵家は、当主、夫人含めて王妃寄りではない。そして、パーティーにはあまり姿を見せなくなったレヴォード夫人であるが、人望のある彼女の周りには多くの人が集まり、王妃派閥に匹敵するほどの一大派閥を築いている。

(冗談じゃないわ。レヴォード派閥がソフィアに好印象なんて抱いたら、あっというまに社交界にソフィアの噂《うわさ》が広まるじゃないの！)

女性の噂話は馬鹿にできない。ましてや今から社交シーズンは本格的にスタートする。パーティー然り、お茶会然り、そこでの噂はあっという間に国内に広がるだろう。

ソフィアはさらに新婚で、話のネタにはもってこいだ。

なんとしても、ソフィアが注目されるのは避けなければならない。――いや。

(ふふん、そうよ。噂はなにもいい噂だけじゃないのよ)

ぱらりと扇を広げて、キーラは笑った。

ソフィアのことは、彼女が城に来たときから気に入らなかった。王女はただひとりでいい。キーラただひとりでいいのだ。

ソフィアがランドールと結婚すると聞いたときも、腸《はらわた》が煮えくり返りそうだった。

背が高く、見目麗しいランドールはキーラの自慢の従兄だ。キーラを実の妹のように可愛がってくれて、とにかくキーラに甘いのがいい。それなのに、その大好きな従兄が、よりにもよってソフィアのものになったのだ。許せるはずがない。

もちろん、ソフィアとランドールの婚約話が出た時点で、キーラはすぐに国王に苦情を言いに行った。けれども、この縁談ばかりは、どれだけキーラが泣こうがわめこうが、覆されることはなかった。母に頼んで諫めてもらっても、父は聞く耳を持ってくれなかったのだ。

（ふん、見てなさい）

ファーストダンスのあと、休憩をしていたソフィアとランドールが、再びダンスホールに足を踏み入れたのが視界の端に映る。

ソフィアが城に来て以来、キーラは王妃に頼んで何度もソフィアの教育係を取り上げた。ダンスやピアノなどの〝貴婦人のたしなみ〟は一切学ばせなかったのだ。どんな魔法を使ってダンスを覚えたのかは知らないが、どうせ付け焼刃に決まっている。すぐにぼろが出るはずだ。

キーラは彼女にダンスを申し込みに来た男性の脇をすり抜けて、音楽を奏でている楽団の方へ足を向けた。

（恥をかけばいいわ！　そうすれば、社交界に噂が広がって、あっという間に笑いものよ！）

キーラは楽団の指揮を執る男を捕まえて、にっこりと微笑んだ。

◇◇◇

(ちょ、嘘でしょ⁉)

ファーストダンスから休憩を挟み、ランドールと二曲目を踊ろうとしていたソフィアは愕然とした。

さっきまでゆったりとしたワルツが奏でられていたというのに、ソフィアとランドールがダンスホールに戻って少しして、急に曲が変わったのである。

ランドールも違和感を覚えたようだが、踊り慣れている彼はすぐにその曲に合わせてステップを変えた。戸惑うのはソフィアばかりである。

調子に乗って、二曲目を踊ろうとしたのが間違っていた。だめもとでランドールにねだってみたら、あっさり頷いてくれたので喜び勇んでダンスホールに向かったが、もう少し様子を見ればよかったのだ。

(どうしようどうしようどうしよう！)

城のダンスパーティーの曲はワルツと決まっているようだから、これもワルツには違いない。だが、速い。かなりのアップテンポだ。

（あわわわわ、足がもつれる！）

必死になってランドールについていこうとするも、ドレスに隠れている足が踏むステップはすっかり乱れている。

ランドールもソフィアの異変に気がついたのか、ぐっと腰を引き寄せて訊ねてきた。

「どうした？」

「は、速すぎて無理……！」

ソフィアが泣きそうになりながら答えると、ランドールはさっと周囲に視線を投げて頷いた。

「わかった。俺に体重を預けて、ただ笑っていろ。ダンスホールから連れ出してやる」

どうしよう、今日、ランドールが妙に優しい。

（こんな切羽詰まった状況じゃなかったら、今のランドールのキリッとカッコいい顔をたっぷり堪能できるのに！）

曲途中でダンスホールから退場するには、踊りながら退場しなければならない。これが難しいのでたいていの人は曲が終わってから退場するのだが、ソフィアはラストまで踊りきる自信がなかった。

体勢を崩しそうになるたびにランドールが腰を支えて、ときにはソフィアの体を持ち上げてターンするように見せかけながら、どうにかしてダンスホールの外に出る。

ふーっと大きく息を吐き出すと、近くの給仕から軽めのアルコールを取って、ランドールが渡してくれた。

『グラストーナの雪』では社交界デビューと同時にアルコールが許されるが、ソフィアは酒に強くないので、軽いものでないと受け付けない。夕食時に出される酒も、ヨハネスに頼んで軽いものを出してもらっているくらいだ。ランドールがそれを知っているとは思えないが、わざわざ軽めのものを選んでくれたのは、彼の気遣いだろう。

「大丈夫か？」

「だ、だいじょぶじゃないかも……」

まだ足が震えているし、心臓がどくどくと大きく鼓動を打っている。

焦った。怖かった。転ぶかと思った。本当、パートナーがランドールで助かった！

（ダンス、怖い！）

ランドールと踊れるからと、調子に乗った自分に自己嫌悪である。

ふるふると震えていると、ランドールが小さく吹き出した。

「さっきのお前の必死な顔は面白かったな」

（……笑った！）

ソフィアは目を見開いた。

ランドールが笑った。ソフィアの前で、はじめて笑った！

ソフィアは持っていたグラスを取り落としそうになった。

ダンスは怖かったが、ランドールの笑顔で差し引きゼロ……いや、プラスだ。ああ、いいものを見た。眼福《がんぷく》。

（どうしてこの世界にカメラがないんだろう……）

今のこの一瞬を写真に撮って一生の宝ものにしたいのに、まったく残念極まりない。

疲れた様子のソフィアを気遣って、ランドールがソフィアを壁際まで連れていってくれる。ランドールが珍しく機嫌がいいので、もちろん盛り上がったりはしないけれど、ぽつりぽつりと会話が成立してソフィアが喜んでいると、ランドールの知り合いだろうか、ひとりの紳士がランドールを呼びに来た。

「すぐ戻るから、ここでおとなしくしていろよ」

ソフィアは小さな子供ではないのに、水遊びの前科があるからか、ランドールが念押しして去っていく。

ランドールが離れていくのは寂しいが、貴重なランドールの笑顔をゲットできたのだからよしとしよう。

(あとでオリオンに自慢しよっと)

おとなしくしていろと言われたので、壁にもたれかかるようにしてドリンクを飲んでいると、ソフィアのもとにひとりの令嬢が近づいてきた。

「ソフィア様ですわよね?」

城で生活していたときには、キーラや王妃の目があって、ソフィアに気軽に話しかけてくれる令嬢はいなかったから、ソフィアはびっくりして顔を上げた。

ハーフアップの焦げ茶色の髪に同じ色の瞳、ピンク色のドレスを着た同じ年くらいの令嬢だった。ソフィアよりもやや背が高い。切れ長の双眸は知的に見えて、なんとなく、前世だったら学級委員長とかをしていそうな外見だなとソフィアは思った。

(誰かしら?)

自慢ではないが、ソフィアは貴族の顔と名前が一致しない。城のパーティーの招待客は貴族に限られるので、どこかの貴族令嬢に間違いないのだろうが、見たことのない顔だった。

(この年代のご令嬢は、わたしが知っている限りキーラの取り巻きが多いのよね)

ソフィアは警戒した。もちろん貴族令嬢全員というわけではないが、ソフィアと同年齢の令嬢はソフィアが知る限り、キーラの手下が多い。何度嫌がらせをされたことか。

（オリオンからも気をつけるように言われているし、油断しちゃだめよね）

悪役令嬢であるソフィアは、どんな小さなことでも警戒しなくてはならない。この世界はゲームの世界だけれどゲームではないのだ。セーブデータからやり直すことはできないのである。ひとつの選択ミスが致命的な結果を生みかねない。

（わたし迂闊《うかつ》だから、本当に気をつけないと）

うっかり口を滑らせたり、うっかり罠《わな》にはまったり、とにかく〝うっかり〟なにかをしでかしそうで怖い。

「失礼いたしました。わたくし、アリーナ・レガートと申しますわ」

名乗られてもソフィアはさっぱりわからなかった。

ソフィアが曖昧《あいまい》に笑っていると、どうやらアリーナもソフィアに通じていないとわかったようで、自分はレガート伯爵令嬢だと教えてくれた。

レガート伯爵家は、公爵家や侯爵家の領土の分割統治ではなく、独立した領地を持つ伯爵家だそうだ。領土は大きめの市ひとつ分程度で、規模は小さいけれど、独立伯爵家はグラストーナ国では名門伯爵と別名がつくほど伯爵家の中でも位が高い方になる。

ちなみに、ソフィアもあまり詳しくはないのだが、伯爵家の半数以上が公爵領や侯爵領の中の市や町を預かって治めているのだそうで、それを分割統治というらしい。その場合の税収の支払先は公爵家や侯爵家になり、そこから計算されて国への税金が支払われる。

イメージとしては、日本で言うところの県と市や町の関係に近い。市や町にはそれぞれ市長や町長がいて、県全体の方針を決めるのは知事となる。知事の独断で対応不可な事案は国へ通す。

子爵家や男爵家になるとひとつの領地を任されている家はほぼなく、たいていがどこかの領内の市や町を治めている。さらに言えば、子爵家や男爵家の中には統治する土地すら持たない、無領地貴族も存在する。彼らは土地を治めるのではなく国や高位貴族に仕え、貴族手当と公給を受け取って生活しているのだそうだ。

アリーナの年はソフィアと同じ十六歳。ソフィアと同じく晩春が誕生日だそうで、十五歳のときに社交界デビューをしたというから、もしかしたらデビュタントボールで会っていたのかもしれない。覚えていないけど。

(でも、なんの用なのかな?)

見たところ、アリーナはひとりのようだ。このくらいの年齢の令嬢は数人でグループになっていることが多いので珍しい。もちろん、ソフィアはキーラたちのせいでボッチだったので、仲良しグループはいないけれど。

「遅ればせながら、ご結婚おめでとうございます、ソフィア様。実はソフィア様の結婚式にも参列いたしましたのよ。残念ながらご挨拶はできませんでしたが」

「ご丁寧にありがとうございます」

ランドールが聞いていたら『伯爵令嬢に敬語を使うな！』と怒られそうだが、さすがに初対面の相手にタメ口は使えない。

結婚式と聞いてソフィアは苦笑するしかなかった。ランドールが途中で逃亡した結婚式である。あれを見られていたのか。恥ずかしい。

「結婚生活はいかがですか？」

「えっと……、皆さんとても親切で、つつがなく過ごしております」

「そうですか。ヴォルティオ公爵様もお優しくて？」

ランドールはちっとも優しくないが、馬鹿正直に答えるわけにはいかない。

ソフィアは黙って頷いたが、どういうわけか、アリーナは意外そうに目をしばたたいた。

「そうですか……、公爵様はお優しいの……」

「あの……夫がなにか？」

ソフィアは前世の記憶をたどって、アリーナ・レガートという人物が『グラストーナの雪』に登場するキャラクターかどうかを探ってみたが、それらしい人物は思い当たらなかった。

（……これ、まさか、なにかのフラグじゃないよね？）

ゲームのプロローグ時点まであと二年弱あるが、すでにゲームにはないストーリーを進みはじめている。彼女との出会いがなにかよからぬ方向へ発展するのではないかと、ソフィアはビクビクした。

アリーナは近くを通った給仕からスパークリングワインを受け取って、優雅に傾けながら言った。

「いいえ、なんでも」

その言い方にはなにかが引っかかる。

ソフィアが違和感を抱きつつもアリーナと並んでドリンクを傾けていると、アリーナが驚いたように顔を上げて一点を見つめた。どうしたのだろうと彼女の視線を追うと、ランドールが怒りの形相を浮かべてこちらへ歩いてくるところだった。

（え？　なんで怒ってるの⁉　わたし、ランドールに言われた通りここでおとなしくしてたけど⁉）

ランドールの言いつけ通り、この場から一歩も動いていない。アリーナに話しかけられたので彼女と少しおしゃべりしていただけだ。それなのに、今までにないくらいにランドールが怒っている。

ランドールはずんずんとソフィアのそばまで歩いてくると、低く押し殺した声で、こう問い詰めてきた。

「どうしてキーラのドレスに赤ワインをかけた⁉」

寝耳に水だった。

そもそも、今日はキーラに挨拶もしていないし、その姿を近くで見たのはファーストダンスのときだけである。ワイングラスを持って踊ったわけでもないし、踊りながら他人のドレスにワインをかけるほどソフィアは器用ではない。

（どうして赤ワイン……あっ、赤ワイン事件⁉）

ソフィアはハッとした。

オリオンと何気なく話題にした赤ワイン事件を思い出したからだ。

『グラストーナの雪』のランドールルートの中盤、キーラは城で開かれるダンスパーティーに出席する。そして、注目を集めるキーラが気に入らないと、ソフィアに赤ワインをかけられるのだ。そのときキーラが着ていたのは白地に金糸で緻密な刺繍が施された華やかなドレスで——彼女が今日着ていたのと同じものだった。

（赤ワイン事件は二年後だから油断してた……）

ましてや、ソフィアはキーラに赤ワインをかけるつもりは毛頭なかったから、起こり得ないイベントとしてカウントしていた。

（どうして……）

ソフィアは茫然としてランドールを見上げた。

ランドールは烈火のごとく怒っている。でも、冷静になって考えてみてほしい。この会場に入ってからソフィアがランドールのそばを離れたのは、彼が用事があると言って去ったわずかな時間のみだ。キーラがどこにいるのかも知らないソフィアが、そのわずかな時間にキーラを探し出して、なおかつ赤ワインをかけるような芸当ができるはずがない。

「いったいキーラがお前になにをした⁉　あの子は本気でお前と仲良くなりたいと望んでいるだけなんだぞ？　それを、どうしてあのような幼稚な嫌がらせをする⁉」

ランドールこそ、本気で言っているのだろうか。キーラが今までなにをしたかって？　数えきれないほどの嫌がらせだ。それも、嫌がらせなんて可愛らしいレベルのものではない。二年前だって、キーラの侍女に突き飛ばされてソフィアは頭を打ったし、それは城では有名な話だった。食事が届けられないこともあったし、お菓子にしびれ薬が混入していたこともあった。廊下を歩いていたときに、飾られていた花瓶の水をかけられるのはしょっちゅうだったし、階段から突き落とされたこともある。正直言って、赤ワインをかけたのが本当にソフィアだったとして、そんなことなど可愛らしく思えるほどの嫌がらせをされ続けたのだ。

それなのに、ランドールはキーラの嫌がらせには気づいてもいないし、なおかつ彼女がソフィアと仲良くしたいと――本気で言っているのだろうか？

（ランドールがキーラを妹のように思っているのは知っていたけどね……さすがにちょっと、信用しすぎじゃないの？）

もちろん、その気持ちもわからないでもない。ソフィアだって、可愛がっていた妹や弟がいたら、知り合ってわずかな人間よりもそちらの言葉を信じるだろう。それはわかる。わかるけど。

「……わたし、そんなことしてないわ……」

仮にも、ソフィアはランドールの妻だ。ランドールは不服かもしれないが、結婚式も挙げて宣誓書にもサインをした、四大神に認められた夫婦だ。少しくらい、こちらの言い分を聞いてくれてもいいのではないか。

ソフィアが震えた声で言い返せば、ランドールが片眉を跳ね上げた。

「嘘をつくな！」

「嘘じゃない」

どうしたらわかってもらえるのだろう。ソフィアはきゅっとスカートを握りしめる。

ソフィアはランドールに言いつけられた通り、ずっとここにいた。アルコールは得意ではないから、赤ワインのグラスなんて取るはずはないし、そもそも、赤ワインなどの色の濃いドリンクは、今日のダンスパーティーでは配られていない。わざわざ給仕に頼んでこの会場にないものを持ってこさせたとでも言いたいのだろうか。

けれど、なにを言っても頭に血が上っているランドールは聞き入れてくれなさそうで、ソフィアは唇を噛んで黙り込むしかない。この様子だと、ソフィアが身に覚えのない罪を認めるまでランドールは解放してくれないんだろうな——ソフィアが落胆したときだった。

「わたくし見ましたわ！　ソフィア様がキーラ様のドレスにワインをかけるところを！」

「ええ、すごく恐ろしい顔をなさっていました！」

「キーラ様はなにもしていないのに、ひどいですわ」

「これだから庶民育ちは」

いつの間にかランドールの背後にはキーラの取り巻きの令嬢たちがいて、口々にソフィアを攻撃してくる。

ランドールは背後の令嬢の存在にわずかに眉をひそめたが、彼女たちにはなにも言わず、まるでさっさと罪を認めろと言わんばかりに睨みつけてきた。

なにもしていないのに、あたかもソフィアがキーラに赤ワインをかけたように糾弾してくるランドールとキーラの取り巻きたちに、ソフィアは愕然とするしかない。これだけの証言があるのだ。ソフィアがなにを言おうと、ソフィアの罪は確定したようなものだった。

「とにかくキーラに謝罪するんだ」

こっちへ来いとランドールに手首を掴まれて、絶望にも似た諦観を覚えたソフィアが、黙って彼についていこうとしたそのときだった。

「皆様おそろいで、なにを馬鹿げたことをおっしゃるのでしょう。あり得ませんわね。ソフィア様はキーラ様になにもされていませんわ」

まさかソフィアの味方がいるとは思わず、驚いて振り返ると、アリーナが優雅にグラスを傾けながら微笑んだ。

「ソフィア様はずっとここでわたくしとおしゃべりしていましたもの。そのソフィア様に、わざわざ赤ワインを用意してキーラ様のドレスにかけに行くような時間はございませんし、第一そんなことをしてソフィア様のなんの得になりましょうか。不利益しかございませんでしょう？　公爵様はもしかして、ご自身の妻がそんな愚かなことをする人間だと、本気で思っていらっしゃるのかしら？」

アリーナがソフィアをかばうのは想定外だったのか、ランドールの後ろにいるキーラの取り巻きたちが大声で騒ぎだした。

「あなたとおしゃべりする前のことよ！」

「あら、わたくしがソフィア様に声をかける直前まで、ソフィア様はヴォルティオ公爵様と一緒だったではございませんか。ダンスをされているのを見られた方も多いのでは？」

「そ、その前よ！」

すると、さっきまで眉をつり上げていたランドールが、驚いたように令嬢たちを見て、それからうろたえた様子ではしばみ色の瞳を揺らしながら答える。

「ソフィアは……妻は、この会場に入ってからずっと俺と一緒にいた。離れたのはさっきがはじめてだ」

これには、キーラの取り巻きたちも閉口するしかなかったようだった。

アリーナはグラスの中身を飲み干すと、世間話でもするかのようなのんびりした口調で続けた。

「ソフィア様のどこに、そのような悪戯《いたずら》をする時間がございましたでしょうか。キーラ様のドレスに赤ワインがかけられたと言うのならば、それはソフィア様以外の方の仕業でしょう。それならば問題ですわよね。王女を騙《かた》って王女を害したのですから、二重の罪ですわ。早く捕まえて、相応の処罰を与えなくてはね」

それからアリーナはランドールの背後にいたキーラの取り巻きのひとりに視線を投げた。

「そこのあなた。ソフィア様が赤ワインをかけるのを見たとおっしゃいましたね？そのときのことを詳しく教えてくださらないかしら。衛兵に告げて犯人を捕えさせなくてはなりませんもの。ええ、王族を害そうとしたのですから、どんなことをしてでも探し出す必要がございますわ。そうですわよね、公爵様？」

「あ、ああ。それはもちろんだ」

茫然としていたランドールだったが、アリーナの呼びかけでハッと我に返ると、キーラの取り巻きを振り返った。

「別室を用意させよう。証言してくれ。犯人が別にいるのならば逃げられる前に捕えなくては」

ランドールまで頷いたからだろう、キーラの取り巻き令嬢たちは真っ青になって狼《ろう》狽《ばい》しはじめたが、騒ぎを聞きつけて衛兵がやってきたので、ランドールは彼女たちを別室へ通して証言させるように命じてしまう。

（……あー……ランドール、あの子たちが嘘をついたって思ってないのかな？）

生真面目なランドールは、真実、彼女たちがソフィアに似た誰かを見たと思っているのだろう。

キーラの取り巻きたちが連れていかれると、アリーナは飲み干したグラスを給仕に渡して、ソフィアの手をそっと掴んだ。

「騒がしくなってしまいましたわね。注目されるのは好きではございませんの。休憩室に参りませんこと？」

「え……あ、そ、そうね……」

ソフィアはランドールに視線を投げたけれど、彼は困惑した様子でソフィアを見つめていて、目が合うとバツが悪そうに視線を逸らしてしまった。

（……わたしを怒ったこと、気にしてるのかな？　大丈夫だよって言ってあげた方がいい？）

見たこともないほどに悄然《しょうぜん》としているランドールに、ソフィアは声をかけようと思ったけれど、その前にアリーナがソフィアの耳にささやく。

「おそらく、あなたを疑ってしまったことを悔やんでいるのでしょうから、今はそっとしておいて差し上げましょう。少し心を整理する時間が必要でしょうからね」

アリーナの言う通り、ランドールは生真面目で、心を許していない人間には冷たいところがあるが、根はまっすぐでとても優しい人だ。ソフィアに罪がないとわかって、公然とそれを糾弾したことを後悔しているのだろう。ここで素直に、すまなかったと頭を下げてなかったことにできないのがランドールの不器用なところだ。

「ランドール、休憩室にいるね？」

黙って目の前を通り過ぎるのも気まずいので、一言だけ声をかけると、ランドールが小さく頷いた。

アリーナと一緒に休憩室へ向かえば、彼女は室内に誰もいないことを確認して部屋の内鍵をかけた。

「ふう、とんだ目に遭いましたわね」

「そう、ですね。あの……助けてくださって、ありがとうございました」

「いえいえ、ただ本当のことを話しただけですもの。それに、わたくしも少々気になることがございましたので」

アリーナはソファに腰を下ろし、休憩室に置かれていたチョコレートをひとつつまんだ。ソフィアがアリーナの対面に座ると、アリーナはチョコレートを口の中で転がしつつ、じーっとこちらを見つめてくる。

「……やっぱり、妙ですわねえ」

なにが妙なのだろう。ソフィアの顔になにかついているのだろうか。パーティー会場に入ってからなにも固形物を食べていないはずだが、口紅がよれただろうか。気になって口元を拭うふりをしていると、アリーナが口の中で小さくなったチョコレートを噛み砕いて、ずいっと顔を近づけてきた。

「ソフィア様、わたくし、今からとても変なことを口にするかもしれませんが、心当たりがなければ聞き流してくださいませね」

「え？」

「『グラストーナの雪』」

「……！」

ソフィアは瞠目《どうもく》した。

アリーナはソフィアの驚いた顔に満足したように頷いて、にやりと笑う。

「やっぱりね、そんな気がしましたのよね」

ソフィアは確信した。

「もしかして、アリーナさんも……」

「アリーナで結構ですわよ。ええ。転生者ですわ」

「！」

まさか、ソフィアとオリオン以外にも転生者がいたなんて。驚きのあまりあんぐりと口を開けたソフィアの口に、アリーナがチョコレートをひとつ放り込んだ。

「といっても、前世の記憶を思い出したのはつい半年ほど前ですのよ。アリーナ・レガートなんてゲームでは登場しませんから、最初は半信半疑でしたけどね。でも、知った名前ばかりですから、間違いないのだろうなと。それで、ソフィア様は？」

ソフィアは口の中のチョコレートを噛み砕いて飲み込んだ。

「ソフィアでいいわ。普通に話してくれてもいいわよ。わたしは二年と少し前……城に連れてこられて三か月くらいしたころに思い出したの。でも、どうしてわたしが転生者だってわかったの？」

アリーナは「そうねえ」と言って顎に手を当てた。

「最初におかしいなって思ったのは、悪役令嬢ソフィアがランドールと結婚したときかしら。ランドールはソフィアと婚約するけど、結婚はしなかったでしょ？　しかもまだゲームがはじまる二年前。最初は、ここは現実だから、ゲームとはさすがに違うストーリーなのかしらって思ったりもしたんだけど……やっぱり違和感があって。で、今日あなたと話してみて確信したわ。だってゲームの中のソフィアとキャラが違いすぎるもの。それどころか、悪役令嬢とヒロインがそっくり入れ替わったみたいに、キーラの方があなたに嫌がらせしているようだし。……ふふ、もしかしなくても、ランドールと結婚したのはストーリーを変えるためかしら？」

鋭い。ソフィアは首肯する。

「破滅エンドなんて絶対嫌だもの」

「そうねえ。わたしもソフィアには幸せになってほしいわね。こう言っちゃなんだけど、あのゲーム、攻略対象たちは好きだったんだけど、ヒロインのキーラがどうしても好きになれなかったのよね。ほら、いつも被害者ぶって攻略対象たちに『助けて』って泣きついてばかりだったじゃない？　自分で立ち向かいなさいよ！って何度思ったことか。で？　ランドールと結婚して、うまくいきそうなの？」

「ええっと……」

ソフィアはこれまでの経緯をアリーナに説明した。

すべてを聞いたアリーナは眉を寄せて不快感をあらわにする。

「なにそれ。キーラってろくでもないわね。それに、その様子だとランドールはあなたにいい感情を持っていないみたいね」

「そうなんだよね」

「キーラがそこまであなたに敵意むき出しなら、ゲームのプロローグ時点の二年後までに、なんとしてもランドールを味方につけておかないと厳しいわね。……もしくはほかの攻略対象か」

「ほかの攻略対象とは接点ないし、第一ランドールがいいし……」

「……あら、あなたランドール派だったの」

「それはもちろん」

「へえ」

アリーナは意外そうに目を丸くして、それからにっこりと微笑んだ。

「まあいいわ。せっかく転生したんだからゲームの攻略対象者たちを観察して楽しもうと思っていたけど、あなたと関わる方が断然面白そう。ソフィア、あなたの破滅エンド回避の策に、わたくしも協力させてくださいな」

それは願ったり叶ったりな申し出だった。キーラのせいでソフィアはこの世界に友達が少ない。市井で暮らしていたころの友達はいるが、城に来た時点で、混乱を避けるために関わりを絶つように言われている。ましてやソフィアは転生者で悪役令嬢という特殊な身の上なので、なんでも話せる相手はオリオンしかいなかった。今後はそこにアリーナが加わるのだ。こんな嬉しいことはない。

「ありがとうアリーナ」

もしかして、ソフィアの運も上がってきたのではなかろうか。

ソフィアはアリーナと顔を見合わせて、にっこりと微笑み合った。

◇◇◇

馬車の中は、息苦しいほどの沈黙に包まれていた。

窓の外はすっかり闇に包まれていて、相当に遅い時分だとわかる。

ソフィアがキーラのドレスに赤ワインをかける瞬間を見たと証言した令嬢たちから

話を聞いていたら、ソフィアを迎えに行くのが遅くなってしまったのだ。

てっきりひとりで帰宅しているかと思ったのに、ソフィアは律儀《りちぎ》にもランドールの用事が終わるのを待っていたのである。

（結局、時間ばかりかかって、それらしいことはなにひとつ聞き出せなかった）

令嬢たちはなにを聞いてもしどろもどろに『勘違いかもしれませんわ』『ソフィア様に似た色のドレスを見た気がしたのです』と役にも立たないことばかり並べ立てて、ソフィアのふりをしてキーラを害した犯人にたどり着くような明確な証言は得られなかった。

ランドールはちらりと対面座席に座っているソフィアを見て、気づかれない程度に小さく嘆息した。

ソフィアは強張った顔をして俯いている。当然だ。ソフィアはなにも悪くなかったのに、カッとなったランドールは彼女を怒鳴りつけてしまったのだから。

そう――、あのときのランドールは、本当に頭に血が上っていて、冷静さを欠いていた。

ソフィアのそばを離れたあのとき、ランドールはキーラに呼ばれていたのだ。キーラの遣いから、キーラが泣いているから至急来てほしいと言われたのである。

そうしていくつか用意されている休憩室の一室に向かうと、キーラがぽろぽろと泣きながらドレスの裾を拭っているところだった。

この時点では、キーラがうっかりドレスにドリンクをかけたくらいにしか思わなかった。キーラは泣き虫だから、どうしていいのかわからずに途方に暮れているのだろう、と。

しかし、キーラの次の一言でランドールの頭に血が上って、冷静な判断ができなくなってしまったのである。

『どうした？』

ドレスが汚れたのならば着替えてくればいい。ランドールがそう言って慰めようとすると、キーラは泣きはらした目を上げて震える声で言った。

『ソフィアが、ソフィアがわたくしのドレスに赤ワインをかけたの……！』

『ソフィアが⁉』

『ええ。わたくし、ソフィアに挨拶をしただけなのよ？　元気なのかどうか気になって……。それなのにソフィアは突然、手に持っていた赤ワインを……』

（またソフィアか！）

ソフィアは過去にもキーラに嫌がらせをして、そのたびにキーラを泣かせてきた。

しばらくおとなしくしていたかと思えば、またキーラいびりを再開したのだ。

今度という今度は許せない。なぜならソフィアはすでにランドールの妻で、ソフィアの行動についてはランドールも責任を負う必要がある。

ヴォルティオ公爵家の使用人とは仲良くしているようだし、ヨハネスやイゾルテもソフィアのことを気に入っているようだったから、てっきり心を入れ替えたのかと思っていたのに、そうではなかったのだ。

ランドールの中に落胆が広がっていくに比例して、沸々と怒りがこみあげてくる。

(連れてきてキーラに謝罪させてやる)

ランドールは怒りのままに部屋から飛び出すと、アリーナと談笑していたソフィアを捕まえて問い詰めて——あとは、言わずもがなというわけだ。

(俺が冷静だったら、キーラがなにか勘違いしているとわかったはずだ。ソフィアはずっと俺と一緒にいたし、キーラに話しかけられてもいない。キーラに赤ワインをかけたのはソフィア以外の誰かのはずなのに、俺はそれにも気づけなかった)

令嬢たちの事情聴取を終えたあと、ランドールは国王から騒ぎの子細を報告するようにと呼び出された。ランドールがそのままを報告すると、国王はあきれた顔をして、こう言ったのだ。

——私はずっとここでソフィアを見ていた。ソフィアは一度もキーラに近づいておらんし、ましてやあの子はアルコールに弱いのだ。たとえ誤って会場に赤ワインが用意されていたのだとしても、手に取るはずがない。

ランドールはうなだれるしかなかった。

そして、国王からソフィアがランドールの用が終わるのを待っているから、迎えに行って一緒に公爵家へ帰るようにと命じられたのだ。

(すべて俺が悪い)

ソフィアはなにも悪くなかった。馬車に乗り込んでも黙り込んだままのソフィアを見て、ランドールは途方に暮れるしかない。

ソフィアは俯いているから、ランドールからは彼女の表情が見えないけれど、もしかしたら泣いているかもしれない。泣かせたのはランドールだ。

ソフィアは、デビュタントボールを除いて今日がはじめてのパーティーだったらしい。その楽しいはずのパーティーを、ランドールが台無しにしてしまった。

(せっかくドレスも新調して……綺麗に、着飾っていたのにな)

ドレスを購入したいとイゾルテが城へやってきたときはよく理解できなかったが、今ならわかるような気がする。ドレスに身を包み、着飾ったソフィアはいつにもまして綺麗だった。パーティーが楽しいのか、ランドールが騒ぎを起こすまではずっとにこにこと笑っていた。それはとても無邪気な笑顔で、ランドールの中の〝ソフィアの像〟とはかけ離れていて、ただただ可愛いと思った。

それに、イゾルテの話を聞いたときから、ランドールの中に残る違和感。イゾルテは、ソフィアは嫁いできてからなにも買っていないと言っていた。聞いた直後は、結婚時にソフィアが持ってきたものがたくさんあるのだから当然だと思ったが、日が経つごとに違和感が膨れ上がっていく。

キーラは、ソフィアは贅沢だと言った。なんでも国王にねだって、用意させているのだと。

しかし、ヨハネスにも裏を取ったが、ソフィアは嫁いできてから、銅貨一枚たりとも使っていないらしい。

もっと言えば、ソフィアがヴォルティオ公爵家に持参してきたドレスなどの私物も、妙といえば妙だった。ソフィアが持ち込んだというよりは、国王が嬉々《きき》として持ち込ませたと言った方が正しく、ソフィアが自ら持ってきたものといえば普段着の質素なドレスと、母親の形見のネックレスだけだったような気がする。

ますます〝ソフィア〟がわからなくなって、ランドールは無意識のうちにぐしゃりと髪をかきむしった。

なにかがおかしい。なにかが違う。だがその〝なにか〟を認めることは、もうひとつの大事なものを否定することで、ランドールはその〝なにか〟について考えるのがまだ怖い。

だが、ひとつだけわかったことがある。

（俺は……向き合わなくてはいけない）

監視対象だからではない。ソフィアの正体がなんにせよ、ソフィアはランドールの妻なのだ。ヨハネスが言った通り、偽物の王女だとか本物だとかは関係なく、〝妻〟なのである。どんな理由を並べ立てたところで、結婚した以上、ランドールは妻を無視してはいけなかったのだ。

「ソフィア」

話しかけると、ソフィアの肩がぴくりと揺れた。しかし、顔は上げない。ランドールのことを恐れているのだろうか。どうしてか、怖がられるのは嫌だった。

「……ソフィア、今日は……すまなかった」

ランドールは人に謝るのに慣れていない。公爵として、王の甥として、頭を下げる人間は限られているし、人に舐《な》められないためにも、自分の失態はそう簡単に認めてはならない立場だからだ。

だから、ただ一言、すまなかったと言うのが精一杯。許してもらうための抗弁とか、機嫌を取るための甘い言葉は、ランドールには用意できない。

「お前を疑って、悪かった」

謝ったところで、彼女を疑った事実は消えないだろう。なにを今さらと思われるかもしれない。謝罪のあとの相手の反応がこんなにも怖いのは、幼いころに母を本気で怒らせて以来かもしれなかった。

ソフィアは驚いたように顔を上げて、綺麗なエメラルド色の瞳を大きく見開くと、まるで信じられないものを見たかのような顔でランドールを見返してきた。その様子だと、ランドールが謝罪したことがよほど意外だったと見える。

ソフィアは何度かぱちぱちと目をしばたたいて、それからまた俯くと、小さく「うん」と頷いた。

馬車の中には再び沈黙が落ちる。

ランドールは黙ってソフィアを見つめながら、今日のことを心の底から反省したのだった。

五章　悪役令嬢、お茶会にお呼ばれする

グラストーナ国、城下――

分厚い外壁に囲まれた城下町は、中央にある城から放射線状に六本の大通りが延びている。城に近いあたりに貴族街があり、外壁に近い部分には俗に貧民街と言われる、貧しい人たちが暮らしている区画がある。

そんな城下の、東の大通りの中ほどに存在する『三日月亭《みかづきてい》』。ここは、安酒と安飯を提供することで有名だ。

三日月亭があるあたりは、平民街の中でも経済的には中の下ほどだろうか。そこに住む人間は、少なくともなにかしらの定職を持った人たちばかりで、孤児院が立ち並び、その日暮しの者が多い貧民街と比べると、治安もそこそこ。

日の暮れはじめとともに軒先に灯がともり、すっかり日の暮れるころには、狭い店内のテーブルはすべて埋まってしまうほどの盛況ぶりである。

その顔触れは、だいたい毎日変わり映えしない。店主の父の代から続いている店で、やってくる客は顔見知りの常連ばかりだ。

常連客たちは顔見知りを見つけると気さくに声をかけ、安い酒を飲みながら大きな声で最近の状況を面白おかしく話しだす。

店の中は毎日同じような様子だが、ゆえに見ない顔が来れば、面白いくらいに常連客たちは同じ反応をする。

まずは少し離れた席に集まり、じっとりと観察。自分たちの楽園を脅かす迷惑客でないかを確かめるように、その視線には余念がない。

そして、〝仲間〟に加えられそうならば、様子を見て声をかける。そこで盛り上がるようならば新たな常連客の出来上がりというわけだ。

しかし、今日の〝見ない顔〟はいつもと少々様子が違った。

最初にその男を見て違和感を抱いたのは、子供のころより店を手伝っていた、小太りの店主である。

男は三日月亭に入ってくるなり、一番奥の目立たない席に陣取った。ややあって、もうひとりの〝見ない顔〟がやってきて、男が座った席の奥の椅子に腰を下ろす。

最初にやってきた男の方には見覚えがあった。三日月亭にも一年ほど前に一度だけ来たことがある。店の雰囲気になじめなかったのか、それきり来なくなったが、確か一年と少し前にこの界隈《かいわい》に引っ越してきたガッスールという男だ。

彼はギャンブル好きで、いつも借金取りに追われていた。ここより城寄りのところにあるそこそこ金持ちの家の門番として雇われているそうだが、あまり素行がよさそうにも見えず、解雇されるのも時間の問題だろうと思っていた。

おせっかいな常連客のひとりが、昼間から酒を飲んでいたガッスールを見つけて、今日は仕事が休みなのかと話しかけて、殴りかかられたことがあるという。あまり関わりたくない男だった。

だから、歓迎する客ではないが、ガッスールの方はまあいい。

問題は、あとから来たもうひとりだった。

その人物は丈の長いフード付きの外套《がいとう》を羽織っていた。店に入っても目深《まぶか》にフードをかぶったままで、男なのか女なのかも一見した限りではわからない。男にしては小柄なので女かとも思ったが、そうであればなお不思議だった。三日月亭に来る女といえば、三軒隣の肉屋の丸々と太った声がでかくて気のいい中年女くらいで、ほかには滅多に見ないからだ。

いや――

店主はふと、二年と半年ほど前まで、たまに顔を見せていた美人を思い出す。

ここから五分ほど歩いたところに住んでいた母ひとり娘ひとりの美人親子で、母親の給料日には決まってここに食べに来ていた。その娘よりひとつ年下の店主の息子がその娘に惚《ほ》れ込んでいて、いつもは店の手伝いを嫌がるくせに、その子が来る日は率先して給仕を手伝っていたから、よく覚えている。

それどころかあの馬鹿息子は、店に来ないときにもその母娘の家に遊びに行っては、こっそり店の残り物を差し入れしていたらしい。あの美人には息子は不釣り合いだとは思ったけれど、息子の恋路を邪魔するのは忍びなく、黙って好きにさせていたのだが、母親の方が他界してから、あの娘も来なくなってしまった。真偽のほどはわからないが、噂では父親に引き取られたらしい。

昔は店の手伝いを嫌がっていたくせに、今ではすっかり一人前の顔をして店を手伝うようになった息子のテオが、その妙なふたり組に注文を聞きに行った。

そして注文を聞いて戻ってくるなり、興味津々な顔をして、あのフードの方は女だと言い出したので、軽く拳骨《げんこつ》を落としてやる。確かに気になるが、客を下世話な目で見るものではない。

テオによると、注文したのはガッスールだけのようで、麦酒と塩ゆでの豆を頼んだらしい。

麦酒も塩ゆでの豆もすぐに出せるので、今度は店主自らふたりのテーブルに運ぶことにした。おしゃべりな息子は面白そうなネタを見ると食いつくので、これ以上あのふたりに近づけると無礼を働きそうだと思ったからだ。常連客たちはテオのことを可愛がってくれているので、話し込もうとなんら問題は起こらないが、ガッスールはやばい。あの男は手が早そうなので、余計なことを言って、テオが殴られでもしたら大変である。

店主が料理を持っていったとき、ガッスールと女はひそひそ話をしていた。いよいよわけありに見える。

麦酒をテーブルに置きながら、ここで面倒事は起こさないでほしいものだと思っていると、女がテーブルの上に革袋を置いて立ち上がった。とても重たそうな音がしたが、中身はなんだろう。警邏《けいら》隊が飛んでくるようなものでなければいいが。

フードの女は店主になにも言わず、狭い店内を横切ると黙って店から出ていった。

ガッスールは革袋を引き寄せて、その中身を確かめると、ニヤリと笑う。

その拍子に革袋の中身が見えた店主は、大きく目を見開いた。

「おい店主。店で一番上等な酒と肉を持ってきてくれ」

ガッスールが機嫌よく注文するのに頷きを返しながら、店主は震えそうになる手をぎゅっと握りしめる。

革袋の中には、十何枚もの金貨が詰まっていた。

◇◇◇

「本日はお日柄もよく――」

「あんた、人妻のくせにお見合いでもするの？」

ソフィアがひどく真面目な顔で言ったにもかかわらず、オリオンがあきれ顔でツッコミを入れると、そばで聞いていたアリーナがぷっと吹き出した。

ソフィアがランドールと結婚して一月半。

グラストーナ国はすっかり晩秋の装いで、庭木の色づいた落葉樹が、風が舞うたびに葉を落としている。冬のはじまりも近いだろう。

結婚してしばらくの間は邸にも帰ってこなかったランドールだが、最近は二日に一回は帰ってくるようになった。ヨハネスによると、ランドールが帰らないのは今に限ったことではなく、前々から城で寝泊まりすることが多かったので、二日に一回帰ってくるのはいい方らしい。

城からほど近いところにあるヴォルティオ公爵家の庭も、例に漏れずすっかり秋模様だ。

ソフィアたちがいる前庭の四阿近くに植えられている楓《かえで》の葉は綺麗に色づいていて、足元にも赤や黄色の葉が層をなしている。

（……集めて焼き芋……とかしたら絶対怒られるよね）

ソフィアの気のせいかもしれないが、ランドールは以前より優しくなった。だが、庭で焚火《たきび》どころか焼き芋など作りはじめたら、間違いなく大目玉だ。うん、焼き芋は食べたいけれどやめておこう。

四阿にティーセットを広げたソフィアたちは今、〝お茶会〟の練習中だった。

貴族のご婦人方はお茶会が大好きである。城で生活していたときは招待されたこともなく無縁の世界だったが、ランドールの妻となったからには避けては通れない道だった。現にすでにお茶会の招待状がちらほら届いているそうで、ヨハネスが新婚を理由にうまく断りを入れてくれているらしい。

教育面で足りない部分については、ヨハネスに相談済みで、彼が教師を手配してくれている。来週にも探しているひとりであるピアノ教師が決まるだろうと言っていた。

学力面は問題ないと判断されたので――前世では万年中の下の成績だったのに、この世界は優しい世界だ――、教師を取り上げられた芸術面をなんとかすれば大丈夫だろうとヨハネスのお墨付きであるが、その芸術面が難しい。

そして、教養とは別に、壊滅的な問題がひとつ。

「まあ、想像はしてたけど、あんたは王女としての一般常識がないのよね」

そう。芸術面よりも問題だったのが、なにを隠そう社交面なのだ。

今のところ、ヨハネスがなんとか断ってくれているが、永遠に断り続けるわけにもいかないお茶会。お茶会は女性たちの集まりで、当たり前だがランドールの助けは期待できない。ひとりで乗り切らなくてはならないのだから、早急に手を打たなければならないのである。

（変なことを口走ったら大変だもんね。それに、貴婦人らしくなればランドールも見直すでしょ）

目指せラブラブ夫婦！　ソフィアはその目標に向けて邁進《まいしん》中——なのであるが。

「頑張らないとキーラに勝てないわよ」

「そうですわ。打倒キーラよ！」

目の前のお菓子を食い尽くす勢いのオリオンと、優雅にティーカップを傾けているアリーナは、明後日の方向に目標を設定していて、なにかにつけて『キーラをぎゃふんと言わせろ！』と言ってくる。

（……このふたり、タイプ違いそうなのに息ぴったりなのはなんで？）

ソフィアはこっそりため息だ。

そう、アリーナが前世の記憶保持者だとわかって、ふたりを引き合わせたあの日――

『えー！　アリーナ、シリル推しなの⁉』

『もちろんよ！　そういうオリオンはどうなのよ』

『わたしはバルバロ一筋よ』

会って五分で意気投合したふたりは、ヴォルティオ公爵家のソフィアの部屋できゃいきゃいと盛り上がりはじめた。

アリーナがオリオンに会いたいと言うから招待したのだが、アリーナはよほど『グラストーナの雪』について話したかったようで、普段は冷静沈着の彼女から想像もできないほどにはしゃいでいた。

最初はソフィアも〝推しキャラ〟論争に参戦しようとしたのだが、ランドールの名前を出して五秒で撃沈した。なぜならふたりに声をそろえて『あり得ない』と一刀両断されたからだ。

ふたりとも、五人いる攻略キャラの中で、ランドールだけは〝ない〟のだそう。

曰く、『ツンデレのツンが強すぎて攻略するまでに心が折れる』というのだが、ランドール最推しのソフィアが『それがいいのであって――』と主張すれば、オリオンに『あんたはマゾっ気があるだけ』と切り返されてしまい、押し黙るしかなかったのだ。

そしてとにかくゲームでも現実でもキーラを毛嫌いしているアリーナが、『キーラに誰ひとりとして攻略されてなるものか』と言い出して、オリオンとアリーナのふたりが〝打倒キーラ連盟〟を結成した。

ソフィアとしてはただランドールとラブラブになって、悪役令嬢に用意されている破滅エンドを回避できればいいだけなのに、このふたりによって目標がすり替えられそうで怖い。

（はあ、それにしても、お茶会よくわかんないなあ）

そんなアリーナに、キーラを打倒するには、貴婦人として完璧であらねばならないと主張された。キーラは性格に難があるが、さすがに王女だけあって外面がいい。それに対抗するには、ソフィアも社交という〝外面〟を磨かなければならないらしい。

こうしてアリーナ主導ではじまったソフィアの〝お茶会特訓〟。ちなみに本日が初日である。

「ソフィアの場合、年の近い令嬢たちから誘われることは少なそうだから、年上のご婦人方のあしらい方を先に覚えた方がいいわね」

アリーナの言う通り、ソフィアと同年代の令嬢たちはキーラの取り巻きが多い。キーラの取り巻きでなくても、キーラと王妃の目が怖くてソフィアを誘うことはなかなかできないだろうというのがアリーナの見立てだ。

「とりあえず、お日柄もよく、は封印しなよね。お見合いを仕切ってるおばちゃんじゃあるまいし」

オリオンが言った。『お日柄もよく』はそんなにだめだろうか。

「じゃあ、なんて言えばいいのよ」

「普通に、『今日はいいお天気ですね』でいいじゃん」

「そうね。それから、お庭でお茶会をするのであれば『素敵なお庭ですね』。サロンであれば『品があってとても落ち着くサロンですわね』とでも言っておけば無難かしらね」

「出されたお茶とお菓子を褒めるのも忘れずにね」

「ドレスやアクセサリーを褒めると、たいてい機嫌がよくなるわよ」

「……つまり、お世辞やおべっかを並べ立ててればいいってこと？」

「そういうこと。ただし、やりすぎは厳禁」

アリーナがよくできましたとばかりに首肯した。

ソフィアは渋面を作った。

「ねえ、……お茶会のなにが楽しいの？」

どう考えてもただ疲れるだけの集まりにしか思えない。

するとアリーナはすました顔でこう宣《のたま》った。

「慣れればそのうち、無知と厚化粧を笑える日が来るわ」

アリーナと違って、そんな日は永遠に来ないだろうなとソフィアは思った。

◇◇◇

城のランドールの私室に、レヴォード公爵が訪れたのは、ランドールがそろそろ仕事を切り上げようとペンを置いたときだった。

レヴォード公爵は六十手前のすらりと背の高い紳士だ。ダークグレーの髪を品よく撫でつけて、洒落たステッキを片手にやってきた公爵に、ランドールは首をひねった。

本日、約束はなかったはずである。

レヴォード公爵は国王とも仲がよく、王の相談役として二年ほど前までは城でよく見かけていたけれど、二年前に腰を悪くして、領地で療養生活を送っていたはずだった。いつ戻ってきたのだろう。

結婚は早かったが、長年子供ができなかった公爵と夫人の間には、年を取ってから授かったひとり息子がいて、王都はその息子であるカイルが管理している。

カイルはランドールと同じ歳で、てっきりこのまま息子に爵位を譲って、ランドールの父のように領地で隠居生活をはじめるものだと思っていた。

ランドールが立ち上がって、自らレヴォード公爵にソファを勧めると、公爵は「長居はしませんから」と首を横に振ってにこやかに言った。

「遅くなりましたが、ご結婚おめでとうございます」

「これはご丁寧に、ありがとうございます。公爵は腰の具合はもうよろしいのですか?」

「ええ、もうだいぶ。といっても、痛むには痛むのですがね。妻が今年はどうしても王都へ行きたいと言うものですから、少々無理をすることにいたしました」

レヴォード公爵は愛妻家で有名だ。公爵は四つ年下のローゼ夫人にことのほか甘く、夫人の我儘《わがまま》に振り回されても、いつもにこにこと微笑んでいる。

（まあ、夫人も公爵が動けないのを無理に連れてくるようなことはしないだろうから、よくなったのは確かだろうな）

レヴォード公爵領には温泉が湧いており、腰の回復はその効果が表れたのかもしれない。

「久しぶりなのでゆっくりお話でもしたいのですが、このあと陛下にご挨拶に伺わなくてはなりませんので、慌ただしくして申し訳ない」

どうやら、国王に挨拶する前にここへ寄ってくれたらしい。公爵はランドールの父とは親交があったが、ランドールは息子のカイルとは仲がいいものの、公爵とはあまり話す機会もなかったので、これには少々意外だった。

「実はね、妻がこれをソフィア様にと。王都に戻ってきたからぜひソフィア様にお目にかかりたいと申していましてね、茶会の招待状です。茶会といっても、ソフィア様以外は招待するつもりはないようですから、ご夫婦でお気軽にいらしてください」

茶会は女性たちだけで開くことが多いのだが、夫婦で来いとは不思議なものだと思っていれば、レヴォード公爵が茶目っ気たっぷりに片目をつむった。

「いやね、女性の話は長いものですから……、公爵がいらしてくだされば、チェスでもと思いまして」

なるほど、ランドールを誘ったのはレヴォード公爵の逃げ道らしい。確かに、夫人とソフィアの茶会に同席させられても、男なんてものはただ微笑んで座っていることしかできないだろう。

ランドールは苦笑した。

「そういうことでしたら、ぜひ」

ソフィアにも、そろそろ茶会のひとつも経験させた方がいい。最初の相手が信頼できるレヴォード公爵夫人ならば安心できるし、なにより社交界でも顔の広い夫人を味方につけることができれば、今後ソフィアもやりやすくなるだろう。

それに——

(公爵と夫人には、夫婦の在り方など、学ぶべきところもあるからな)

ソフィアと向き合おうと決めたランドールだが、今のところ、邸に帰って一緒に食事をとるくらいのことしかできていない。朴念仁のランドールは、これまで散々冷たくあしらってきたソフィアに対して、どう接していいのかもわからないのだ。せっかくだから、グラストーナ国でも有名なオシドリ夫婦に学んでみるのもいいだろう。

ランドールはそんなことを思いながら、レヴォード公爵から招待状を受け取った。

◇◇◇

「まあ！　レヴォード公爵夫人からのお茶会の招待状ですか！」

ソフィアが、五日後にお茶会があると伝えると、イゾルテは招待者の名前を聞いて目を丸くした。

ランドールからお茶会の招待状をもらったときは、ついに来てしまったとショックを受けたソフィアだったが、イゾルテのこの反応にさらに緊張感が増した。

彼女の反応を見るに、どうやらレヴォード公爵夫人ローゼは、有名な貴婦人らしい。それもそうだ。なにせ相手は公爵夫人。グラストーナ国で暮らす貴族に、公爵家の当主夫妻の名前を知らない人間がいるはずがない。

ランドールはソフィアに招待状を渡した際に〝知人宅〟だと伝えただけで、レヴォード公爵家についてはなにも説明しなかった。言う必要がないと判断したのか、まさかソフィアが知らないと思わなかったかのどちらかだろうが、さすがに招待された家のことをなにも知らないのは問題があると、ソフィアはイゾルテに探りを入れることにした。

「ローゼ夫人について詳しいの？」

「詳しいといいますか、社交界で王妃様の次に大きな派閥をお持ちの方ですわ。人望のある方ですので自然と人が集まるのでしょう。わたくしは直接お会いしたことはございませんが、子爵家に嫁いだ叔母などは嫁いだばかりで不慣れなころ、パーティーの席でレヴォード公爵夫人に助けていただいたことがあると申しておりました。とてもお優しい方だそうですわ」

「優しい方なのね、よかった」

ソフィアはひとまずほっとした。

イゾルテは鼻歌交じりにクローゼットを開けて、お茶会当日に着るドレスを選びはじめる。ソフィアにお洒落をさせることが楽しいらしいイゾルテは、ソフィアがお茶会に出かけるのを今か今かと待っていたようだ。先日の城で開かれたパーティーのときに注文していた新しいドレスを二着引っ張り出して、こっちがいいか、あっちがいいかと頭を悩ませていた。

お洒落についてはイゾルテに任せるのが一番無難なので、ソフィアのために夢中になってくれている彼女のことはそっとしておくことにして、ソフィアは我が物顔でソファにふんぞり返ってお菓子を食べていたオリオンを振り返る。

「ねえ、お茶会までアリーナは暇かしら？」

「暇じゃなくても、呼べば暇を作って来るんじゃない？」

それはそれで申し訳ない気がするが、お茶会のためにアリーナの力を借りたい。

ローゼ夫人に、うっかり失礼なことをしては大変だからだ。

「じゃあ、手紙を書いてみよっと」

「間違っても、本日はお日柄もよくなんて言うんじゃないわよ」

「わかってるわよ！　今日はいいお天気ですね、でしょ？　……あ、でも、雨の日だったらなんて言えばいいの？」

ソフィアが真面目な顔で訊ねれば、オリオンはミルクティーを飲み干してあきれ顔をした。

「別に天気の話をしなきゃいけないルールなんてないでしょ。だいたい、雨の日に庭でお茶会をするはずがないんだから、お茶会が開かれるサロンか温室を褒めときなさいよ」

「なんて言えばいいの？」

「知らないわよそんなの。わたし、レヴォード公爵家に行ったことないもん。見てから考えな」

オリオンは簡単に言ってくれるが、ソフィアは絵画にも骨董《こっとう》にも詳しくない。飾られているものを見てその場でコメントを考えるような高尚《こうしょう》なことはできないのだ。だから事前準備が必要なのである。

「奥様ならきっと大丈夫ですわ」

奥様評価の高いイゾルテが無責任なことを言うけれど、もしソフィアがへまをやらかしてランドールに恥をかかせたらと思うと気が気でないのだ。ソフィアに対する態度がちょっと軟化したように見えるランドールが、ひょんなことからまた硬化しないか、冷や冷やものなのである。

(お茶会当日までになんとか詰め込まないと……)

礼儀作法は、ヴォルティオ公爵家に嫁いできてからヨハネスに頼んで勉強を続けていて、ヨハネスが言うには様になってきたらしいので、よほどのことがない限り大丈夫だが、問題はお茶会での言葉選び。あとは思ったことがすぐに顔に出るので、これを取り繕うことを覚えないといけない。

(はあ……頑張ろ)

＊　＊　＊

アリーナにお茶会の猛特訓を頼めば快く引き受けてくれて、まるで鬼教官並みにビシバシ鍛えられて迎えたお茶会当日。

天気は残念ながら晴れとはいかず、朝からしとしとと小雨が降っていた。

本日の装いはダークグリーンの落ち着いたドレスだ。襟元やスカート部分に控えめに入っている金糸の刺繍がアクセントで、年上の夫人のお茶会に招かれたとき用にイゾルテが新調していたものである。

白のレースの手袋に、首元には小ぶりのダイアモンドのネックレス。耳元は一粒の真珠のイヤリングをつけている。

年配の女性には濃い化粧はウケが悪いので、全体的に化粧は薄め。ソフィアの艶やかな金髪は、イゾルテがくるくるとコテで巻いてハーフアップにし、金と真珠の髪飾りで留めていた。

「今日の奥様も世界一です」

イゾルテが大絶賛で送り出してくれて、ランドールとともに馬車に乗り込む。

ヴォルティオ公爵家と同様に城に近いところに邸宅を構えているレヴォード公爵家は、馬車で五分もかからなかった。

大きな邸は、門扉をくぐって玄関前まで馬車で乗りつけることができる。

ヴォルティオ公爵家の馬車が玄関前で停車すると、そこにはすでに執事とメイドの姿があった。ランドールとソフィアが馬車から降りる際に、わざわざ傘を差しかけてくれる。

「ようこそいらっしゃいました」

そう言って玄関扉が開かれると、玄関ホールにはレヴォード公爵とローゼ夫人、そして彼らのひとり息子のカイル・レヴォードの姿があった。

ダークグレーの髪の姿勢のいい紳士がレヴォード公爵で、御年五十九歳。プラチナブロンドの髪をひとつにまとめて、優しそうに微笑んでいるのがローゼ夫人、五十五歳。カイルは夫人と同じプラチナブロンドの髪にまるでラピスラズリのように濃い青い瞳をしていて、ランドールと同じ二十三歳で、ランドールのよき友人……。

(アリーナメモによると、社交界では常に恋人にしたいランキング五位以内に入っている……って、この世界にも人気ランキングとかつける人いるのね。確かにすっごいイケメンだけど。おまけに紳士で優しいらしいし、それはモテるわ)

ソフィアはこの日までに覚えておいたレヴォード公爵家の情報を頭の中に思い描く。

「お招きありがとうございます」

ランドールとともにレヴォード公爵夫妻とカイルに挨拶を交わすと、さっそくサロンに通された。だが、ここで計算外だったのは、ソフィアとローゼ夫人がサロンに入るなり、男性三人がさっさと部屋から出ていってしまったことだ。

「上にいるよ」

そう言ってにこやかに微笑むレヴォード公爵に、ローゼ夫人が微苦笑を浮かべる。どうやら男性たちはお茶会に参加せず、二階にあるゲームルームでチェスを楽しむそうだ。

「男性には、女のおしゃべりは退屈なのでしょうね」

そうなのかもしれないが、困ったときにランドールのヘルプが得られると思っていたソフィアは慌てるしかない。

(困ったときにはランドールに話題を投げろって教えてくれたけど、ランドールがいなくなっちゃったよアリーナー!)

ランドールが同席するのだから、ランドールの存在を有効に使えとアリーナは言ったけれど、のっけからいなくなってしまった。

しかし、ここで動揺を顔に出してはならない。ソフィアは心の中で大慌てをしながらも、表面上は穏やかに微笑みつつ、サロンの椅子に腰を下ろした。

このサロンは夫人のこだわりの一部屋のようで、大きな窓からは広い庭が一望できる。今日はあいにくの雨だが、日当たりもよさそうだ。観葉植物も多く飾られていて、中でもひときわ目についたのがソフィアの背丈ほどもある植物だった。なんの木かはわからないが、丸みを帯びた葉が可愛らしい。

「素敵なサロンですね」

まずは褒める！というアリーナの教えを実践すると、夫人はまるで少女のように華やかに笑った。

「そう？　嬉しいわ。秋だから室内を少し落ち着いた色合いに変えてみたのよ。若い人には地味のようで、息子には不評なのだけど、わたくしはこの紅葉した葉のような赤が好きでねえ」

「あ、わかります！　わたしも赤く色づいた葉は大好きです」

「あら、本当？　ふふふ、お顔立ちも似ていらっしゃるとは思ったけれど、そういうところもお母様そっくりなのね」

ローゼ夫人が何気なく言った一言にソフィアは息を呑んだ。

今、〝お母様〟と言わなかっただろうか。ソフィアとそっくりだと言ったから、その〝お母様〟は義理の母になる王妃を指しているのではないだろう。

ドクリと大きくなった心臓が、徐々に速くなっていく。

訊ねていいだろうか。ソフィアが落ち着かなくなってくると、ソフィアの心情を察したのか、ローゼ夫人が先回りして答えてくれた。

「その様子だと知らなかったのね。あなたのお母様……リゼルテをお城の侍女として紹介したのは、実はわたくしなの」

「え⁉」

ソフィアは思わず声を裏返した。

城や高位貴族の家で働く侍女は、貴族に連なる者か相応のところからの紹介がなければならない。天涯孤独だと言っていた母がどうやって王妃の侍女として勤めはじめたのか気になっていたが、まさかレヴォード公爵夫人の紹介とは知らなかった。

(母さんとレヴォード夫人につながりがあったなんて……)

自分のことを語らなかった母の口から、レヴォード公爵夫人の名前が出たことはない。ソフィアは、母が語りたがらなかったことに踏み入ってもいいものか悩んだ。聞きたいけれど、聞いてはいけないような気がする。

ソフィアのそんな葛藤がわかったのか、ローゼ夫人はベルでメイドを呼びつけると、一枚の肖像画を持ってこさせた。それは卓上に飾るような小さなものだった。色あせて見えるから、古いものなのだろうか。肖像画の女性は、母リゼルテに似ていたけれど、やはりどこか違っていて、いったい誰の肖像画なのだろうかとソフィアは首をひねった。

「この絵はね、あなたのおばあ様――アンネのものよ。わたくしの親友だったの」

「わたしの……おばあ様？」

ソフィアは当然、母と暮らしていたときに母以外の家族に会ったことがない。

ソフィアが肖像画に見入っていると、ローゼ夫人は昔を懐かしむような目をした。

「リゼルテはあなたになにも教えなかったのね。アンネはね、わたくしの遠縁にあたる伯爵家の生まれで、十七歳のときに他国の侯爵家へ嫁いだの。でも、結婚生活がうまくいかなかったみたいで、二十五歳のときに離縁して、幼いリゼルテを連れてこの国に戻ってきたのよ」

ローゼ夫人は、昔を思い出すようにゆっくりと語る。

「そのころにはアンネのお父様は亡くなられていて、伯爵家は彼女のお兄様が継いでいたのだけど、離縁された妹は一族の恥だとしてアンネは伯爵家へ迎え入れてもらえなかったらしいわ。だからアンネは、誰も頼ることなく町でひっそりと暮らしながらリゼルテを育てて……、わたくしは、アンネが病で死ぬ直前まで、彼女がこの国に戻ってきていたことを知らなかった。頼ってくれれば、助けてあげられたのに……わたくしもそのころには嫁いでいたから、きっと遠慮したのでしょうね」

ローゼ夫人は寂しそうに睫毛を震わせた。

「……ごめんなさいね。年を取ると感傷的になっていけないわ。実を言うとね、あなたを本日お招きしたのは、リゼルテの娘であるあなたに会いたかったのと……、あなたにお詫びがしたかったからなのよ」

「お詫びですか……？」

ソフィアはローゼ夫人に詫びられることはなにもないはずだ。

不思議に思っていると、ローゼ夫人は小さなチョコレートを口に入れて、小雨の降る窓外を見やった。

「アンネが他界したとき、リゼルテは十五歳だったの。わたくしがあの子を迎えに行った日も、こんなふうに雨が降る日だったわ」

ソフィアの母リゼルテは、アンネが息を引き取ったあと、少しの間レヴォード公爵家で生活していたらしい。けれども、リゼルテはローゼ夫人の優しさに甘える生き方ではなく、自立した生き方を選んだのだという。

ローゼ夫人はリゼルテを養子縁組することも視野に入れて、何度も説得を試みたが、リゼルテの意思は固く、仕方なく、せめて自分の目が届く範囲にいてほしいと城での仕事を紹介したそうだ。リゼルテは伯爵家の縁者であるし、公爵夫人であるローゼ夫人の後ろ盾もあったから、メイドではなく侍女として働くことを許されたのだという。

「まさか陛下のお手がつくなんて、思ってもいなかったのよ。あの子は本当に綺麗で、優しい子だったけれど、まさかって。気づいていればすぐに手を打ったのに、それなのにあの子は、なにも言わずに去ってしまって……。人を頼らないところはアンネにそっくりで……変なところばかり似るのだから、本当に困ってしまうわ。もしかすると、陛下の子をお腹に宿していたから、誰かに知られたら子どもを取り上げられると思ったのかもしれないけれど……せめてわたくしのことは頼ってほしかった」

「母は……ひとりで抱え込む癖のある人でしたから」

だから無理がたたって、早世することになったのだ。ソフィアだって十四歳だったのだから、もっと頼ってくれてもよかったのに、ひとりで頑張って、頑張って、頑張って……そして手遅れになってしまった。

「そうね……。あの子は本当に、ギリギリまでわたくしを頼らなかったわ。あの子からわたくし宛てに手紙が届いたのは、あの子が亡くなる二日前のことよ。手紙にはね、自分はもう長くないから、あなたのことをお願いしたいと書かれていたの。でもそのときはわたくしと主人は領地にいて、すぐに駆けつけることができなくて……急いでこちらに戻ったときには、あなたはもう陛下に引き取られたあとだった。あの子、陛下にもこっそり手紙を書いていたのね。きっと検閲で引っかかって陛下のお手元は届かないと思って、わたくしにも手紙を出したのでしょうけれど……本当に、ごめんなさいね。わたくしが王都にいたら、陛下より早くにあなたを引き取ることだってできたのに。陛下はああいう方だから、あなたのことは愛してくださっていることは間違いないでしょうけれど、お城ではその……居心地が悪かったのではなくて？」

さすがは社交界に顔のきくローゼ夫人だ。城に引き取られたソフィアがどのような扱いを受けるかは想像がついていたのだろう。

（……なんとなくだけど、母さんがローゼ夫人を頼らなかった理由がわかる気がするわ）

ローゼ夫人は優しいから、祖母のアンネのことがあってからずっと気にし続けてくれていたのだ。まるでアンネの死を、自分の落ち度のように責め続けながら。だからこそ、リゼルテはローゼ夫人をこれ以上苦しめたくなかったのだろう。

ローゼ夫人は椅子から立ち上がると、ソフィアの隣に移動して、そっと手を握りしめた。

「本当はね、主人を通して陛下にお願いして、あなたを引き取ることも考えていたのよ。それが無理でも、それとなく陛下にわたくしたちの息子の結婚相手にあなたをもらい受ける相談をしようと思っていたの。でも、その前にあなたはヴォルティオ公爵に嫁いでしまって……、本当はちょっと心配していたのだけど、元気そうで安心したわ」

なんと、ランドールと結婚していなかったら、カイル・レヴォードとの縁談が持ち上がっていたかもしれなかったらしい。

（カイルなんてゲームのモブでも出てこなかったし……、今日より以前に会ったこと、あったかしら？　あれだけイケメンなら覚えていそうなものだけど……あー、でも、お城に連れてこられて記憶を取り戻すまで、全員敵みたいに思って結構無視してたから、そのころに会ってたなら覚えてないかも……）

驚いてぱちぱちと目をしばたたいていると、ローゼ夫人がくすくすと笑った。

「あなたが結婚していなければお嫁さんにもらえたのに。本音を言うとね、ちょっと残念だったの。わたくしには娘がいなくて、リゼルテにも逃げられてしまったでしょう？　だから、今度こそはってかなり本気だったのだけど……、本当に残念。せめてこうして、遊びに来てくれると嬉しいわ」

「それは、ぜひ」

ソフィアとしても、母やその存在すら知らなかった祖母のことをよく知るローゼ夫人とは仲良くしたい。なによりローゼ夫人はとても温かみのある人で、今日会ったばかりだが、ソフィアは彼女のことが好きになった。ぜひ親交を深めていきたい。

「そうそう、裏手にね、お気に入りの温室があるの。雨でお庭を散歩できないから、代わりと言ってはなんだけど、温室を見学なさらない？」

ローゼ夫人に誘われて、ソフィアは大きく頷いた。温室、いい響きだ。ヴォルティオ公爵家にもあるにはあるが、あそこはどちらかといえば、邸に飾る花を育てている栽培部屋のような扱いになっていて、遊び場には向かなかった。

（お城の温室は王妃様のお気に入りの場所だからって立ち入り禁止にされてたからなー）

綺麗に整えられた温室とはどのようなところだろう。ソフィアはわくわくしながら、ローゼ夫人とともに彼女自慢の温室へ向かったのだった。

◇◇◇

――一方そのころ。

「あ、そこ置くな！」

「悪いな」

二階にあるゲームルームでは、ランドールとカイルがチェス盤を挟んで白熱した戦いを見せていた。

レヴォード公爵は、少し離れたところで葉巻をふかしている。

ランドールとカイルは、十代のころにともに同じ国に留学した仲である。留学中は寮生活だったので、どちらかの部屋に遊びに行っては、こうしてチェスを楽しんだものだ。

勝率で言うと、ランドールがやや高いが、力量は互角。今日はランドールが優勢だが、まだ巻き返せる範囲内で、勝敗はまだわからない。

「それはそうと、結婚生活はどうなんだ」

カイルが白のナイトを動かしながら唐突に訊ねてきた。

「どう、とは？」

「うまくやっているのかって聞いてるんだ。お前、昔からキーラ王女に甘かったからな、ソフィア様にきつく当たってるんじゃないのか」

きつく当たっていたランドールは、わずかに視線を彷徨《さまよ》わせた。

最近はきつく当たっていない……はずだ。なにを話していいのかわからないので会話らしい会話は生まれないが、前のようにソフィアを怒っていないし、気にかけるようにしているつもりである。

「俺はてっきり、お前はキーラ王女をもらうんだって思ってたよ」

「キーラはそんなんじゃない」

キーラは妹のようなものだ。妹を妻に迎えるつもりはない。むしろ、キーラはカイルにもらってほしいと思っている。そう言うと、カイルはギョッとしたように顔を上げた。

「俺がキーラ王女⁉　いやいや、無理無理無理！」

全力で拒否されて、妹を拒絶されたような気になったランドールはムッとした。

「なぜだ。キーラは優しいし、可愛いし、気が利くし、おおよそ欠点なんてないくらいだぞ」

「……あー、お前にはな」

カイルは肩をすくめて駒《こま》を進めた。

「つーか、俺はどっちかといえばソフィア様狙いだったの。それなのに、俺が求婚する前にお前がかっさらっていっちゃったんだろ」

「は？　ソフィアを？」

それは寝耳に水だった。驚きのあまりランドールが変な場所にビショップを置いた瞬間、カイルがニヤリと笑う。

「よし、形勢逆転！」

「ちっ」

ランドールは舌打ちしたが、チェス盤よりもさっきのカイルの発言の方が問題だ。カイルがソフィアに求婚する予定だった？　そんなこと、聞いていない。

「言っとくけど、冗談でも嘘でもないぞ。父上も賛成していたし、母上はむしろ俺をせっつくくらいに乗り気だったし、ソフィア様が社交界デビューしたらすぐにでもって思ってたのに、その前にお前との婚約がまとまっちゃって、悔しいのなんの」

「……ソフィアのどこがいいんだ」

なんだか面白くなくて、ランドールが眉を寄せると、カイルがあきれ顔をした。

「おい、お前がそれを言うのかよ。自分の妻だろ。ていうか、ソフィア様、とんでもなく可愛いじゃないか。城ですれ違ったときに世間話をしたことがある程度だけど、本当にいい子だし……、よくあの状況に耐えたっていうか、とにかく守ってあげたくなるっていうか……って、お前聞いてる？」

「馬鹿馬鹿しい」

ますます機嫌が悪くなったランドールは、乱暴に白のポーンを取り上げた。

（ソフィアが可愛い？　ふんっ、だからなんだ！　どうせ顔しか見ていないんだろう！）

ソフィアはああ見えてお転婆で、突拍子もないことをしでかすし、ずけずけと物を言うところがあるし、とにかくじゃじゃ馬なのだ。守ってあげたいのではなく、手を焼く存在なのである。それを知らないくせに、偉そうなことを。

「そういやお前、ソフィア様が偽物の王女だって言ってたよなあ。偽物だったらどうするんだ？　まさか離縁するのか？」

「……そんなこと、お前に関係ないだろう」

確かに、ランドールはソフィアを偽物の王女だと思っていた。いや、今でももちろんその疑いは持っている。偽物だったら離縁するつもりだったのも事実だ。……でも、正直、ちょっとわからなくなってきている。

ランドールはイライラしながらチェス盤を睨んだ。形勢はカイルに逆転されて、やや劣勢。さっきの悪手でカイルにナイトを取られたのが痛い。

「関係は大ありだね。だって俺、お前がもしソフィア様と離縁したら、すかさずもらいに行くつもりだから」

「なに⁉」

ぽろっとランドールの手から黒のクイーンが落っこちた。それを拾い上げて、動揺を隠せないままにチェス盤にクイーンを置き——カイルにあっさり奪われる。

「あと二手でチェックメイトだ」

楽しそうに笑うカイルを、ランドールは睨みつけた。

「ソフィアをもらう？　どういうつもりだ」

「別にいいだろ。お前らが別れたときの話をしているんだからさ」

「言っておくが別れるつもりはない」

さらりと口をついて出てきた言葉に、ランドール自身が驚いた。つい最近までは偽物だという証拠を見つけ次第別れてやると思っていたのに、まるでそのことをどこかへ忘れてしまったかのように、自然に『別れるつもりはない』と答えた自分自身が信じられない。

ランドールが見せたわずかな動揺に、カイルは面白そうに目を細めた。

「偽物の王女でも？」

「……それは」

　正直言えば、わからない。わからないのだ。

　ソフィアが王女でなかったならば、ヴォルティオ公爵家の当主として、離縁を選ぶのが最善かもしれない。臣下としても、国王を謀った存在をそのままにしておくことはできないだろう。だが、偽物ならば離縁してやると息巻いていた結婚当初と、今のランドールの心の中は確かに違っていて、だからわからなくなる。

（……第一、ソフィアが偽物だと決まったわけではないんだ）

　王妃の『リゼルテは王の子を身ごもっていなかった』という言葉はランドールの胸に引っかかりを残してはいるものの、王妃が知らなかったという可能性もある。本物である証拠も偽物である証拠もどこにも存在しないし、この先も出てこないかもしれない。ならばこれ以上詮索しなくてもいいのではないかと思う自分がいて、ランドールはいったい自分がどうしたいのかが、本当にわからないのだ。

「その様子だと、この情報はお前にとっては聞きたくないことかもしれないな」

　黒のキングを追い詰めて、カイルは葉巻をふかしているレヴォード公爵を振り返った。

「……情報？」

駒を片付けつつ、ランドールが首をひねれば、葉巻の火を消したレヴォード公爵がこちらへやってくる。

「最近、ここより東のあたりの下町で、妙なことを言いふらしている男がいると情報がありましてね。城でお話ししない方がいいことだと思ったので、こうして妻の茶会に乗じて公爵を招かせていただいたというわけです」

「妙なこととは？」

カイルは無造作に、チェス盤の上に打ち取った黒のキングを置いた。

「王女ソフィアの父親は自分だと言って回っている男がいるそうだよ」

ランドールはひゅっと息を呑んだ。

六章　悪役令嬢と父を名乗る男

「ソフィア、大変よ！」

アリーナが慌ててヴォルティオ公爵家を訪れたのは、レヴォード公爵家のお茶会に招かれた三日後のことだった。

ランドールは城に登城していて、公爵邸にはいない。

アリーナはソフィアの部屋に通されるなり、イゾルテたち使用人が部屋からいなくなるのを待って、内緒話をするように声を落とした。

「あんたの父親を名乗る男が現れたらしいわよ」

「なんですって⁉」

驚愕のあまりソフィアが大声をあげると、アリーナが「しー！」と口に人差し指を立てた。

「どこでそんなことを聞いてきたのよ」

さすがにオリオンも驚いたようで、目を丸くしている。

「うちの諜報《ちょうほう》部隊の情報よ」

「ふふ、わたくしのために面白い情報を集めてくれる、わたくし専用部隊よ」

「……アリーナ」

彼女はどうやら、その特殊部隊によって、攻略対象たちをはじめ、ゲームでは知り得なかった情報をかき集めては楽しんでいたらしい。現実世界の『グラストーナの雪』を最大限満喫している。

アリーナは前世では某有名国立大学に通う女子大生だったそうで、その大学はソフィアの前世、篠原花音が逆立ちしたって入れないほど偏差値の高いところだ。頭の出来が違うからか、ソフィアには決して思いつかないことを思いつくようだった。

「で、諜報部隊によるとね、下町の、なんとも冴えない男が、ソフィア王女は俺の娘だって吹聴《ふいちょう》して回っているんですって」

それが本当だとすれば、由々しき事態である。ランドールはソフィアのことを偽の王女だと思っているのだ。その証拠になるものが出てきたら――

（ラブラブ夫婦どころか離婚される！）

一大事である！

「どこのどいつよ！　そんなふざけたことを言うのは！」

「諜報部隊？」

ソフィアは本物の王女のはずだ。なぜなら『グラストーナの雪』の設定資料集には、国王とその愛人の娘と書いてあったのだから！

するとアリーナは、ドレスのポケットから紙の束を取り出した。前世に比べて紙が高価なため、メモ帳というものは売られておらず、アリーナは高い紙を使いやすいサイズにカットしてメモ帳代わりにしているらしい。厚さにして五ミリ程度だが、おそらくあれだけで銀貨一枚はするだろう。ソフィアにはそんな無駄遣いは恐ろしくてできそうもない。

「ふふふ、抜かりないわよ。ちゃんと調べてきたんだから」

どうやらそのメモ帳代わりの紙の束には、ソフィアの父を騙る男の情報がまとめられているらしい。

「ええっとね、名前はガッスール。年は四十八で身長は百七十三センチ程度で、やせ型。十六年前まで城の門番のひとりとして雇われていたと吹聴して回っているみたいだけど、そんな事実はどこにもなかったわ。城下の下町あたりでその日暮らしをしているようだけど、あちこちで問題を起こして住処を転々としていたようよ。性格は短気で、ギャンブルと酒におぼれている……って、ま、俗に言うろくでなしってところなのかしら？　最近は東の大通りの近くにある、大衆居酒屋って言うのかしら？　三日月亭って店に週に一度ほどの頻度で顔を出して、派手に飲み食いしているみたい。そして、酔うと決まって『ソフィア王女は俺の娘だ』って騒ぎだすんだそうよ。店の人や常連客は相手にしなかったみたいだけど、たまたま近くを巡回《じゅんかい》していた下っ端兵士が飲みに立ち寄って、ガッスールの話を聞いたみたいでね。その話を城でしちゃったものだから、いろんなところで噂されはじめたってわけ」

「ちょっと、大変じゃない！」

ソフィアは青くなった。兵士が城で話を広げたということは、ランドールや国王の耳に入っている可能性が高い。

（まずいわ、放っておいたらその噂のせいで偽物王女って決めつけられちゃう！）

国王はソフィアに甘いが、それは自分の娘だからだ。自分とは血のつながりもないと思えば、ソフィアに対する態度も変わるかもしれない。ランドールは言わずもがな。容赦なく離婚を突きつけてくるに決まっている。

「それどころか、詐欺罪で投獄されなきゃいいけどね。最悪死罪なんてことに……」

「いやあああ！　恐ろしいこと言わないで！」

オリオンがのんびりした口調でゾッとするようなことを言うものだから、ソフィアは頭を抱えて立ち上がり、意味もなく部屋中を歩き回った。

「なんとかしないと。事実無根だって証明する方法はないのかしら。どうしよう！」

アリーナはメモ帳をポケットにしまうと、顎に手を当てて考えた。

「そうね……、一番いいのは、ガッスールを捕まえて嘘だって証明させることよね。この世界にはＤＮＡ検査はないから、当人に否定させるしか方法はないでしょうし。わたくしの方でも、ガッスールとソフィアのお母様に接点があったのかどうかを探ってみるけど、なにせ十六年以上も前のことだもの、接点がなかったと証明するのは難しいかもしれないわ」

ソフィアはぴたりと立ち止まった。

「……捕まえてそのガッスールってやつに証明させればいいのね？」

「ええ。でも、明確な罪がなければ捕縛状も出しにくいわね。酔ってあなたの父親だって騒いだくらいでは、不敬罪の適用は難しいわ」

アリーナの言う通り、酔っぱらいの戯言《ざれごと》ひとつで罪人扱いしていては、暴君もいいところだ。

ソフィアはむーっと眉を寄せて考え込んで、それからハッと顔を上げた。

「アリーナ、そういえばさっき、三日月亭って言わなかった？」

「言ったけど、それがなに？」

ソフィアはニヤリと笑った。

「いいこと、思いついちゃった」

◇◇◇

(思ったより噂の広がりが早いな)

ランドールはこめかみをもみながら、国王の執務室へ急いでいた。

カイルからソフィアの父を騙る男がいると情報を得て五日。ランドールはこの五日、まともにヴォルティオ公爵家へ帰っていない。噂の真相を探るべく奔走していて、帰る暇もなかったからだ。

噂の出所を探し、兵士たちに箝口令《かんこうれい》を敷いたけれど、どういうわけか噂は鎮火するどころか勢いをつけて広がっている。中にはその噂に尾ひれがくっついて、ソフィアの母リゼルテが複数の男と関係を持っていたなどというろくでもないものまであった。

(王家の醜聞《しゅうぶん》もいいところだ。すぐに手を打たなければ……)

ランドールは噂を信じているわけではないが、それが真実であろうとなかろうと、このままにはしておけない。噂を信じた者たちは、証拠もないのに昔情を通じた女への愛情だけで王家に関係ない娘を城にあげた愚王と国王を侮るようになるだろう。

伯父の心情を考えれば、あまり耳に入れたくない騒ぎではあるが、ここまで広まっては王が知っていてもおかしくない。

ソフィアの父を騙る男の目星はついている。強引な方法になるが、国王に相談し、なにかしらの罪状をつけて捕縛に乗り出すのが賢明だろう。

(これ以上騒ぎを大きくするわけにはいかない)

焦りを覚えながら大股で廊下を進んでいると、前方から見知った顔が歩いてくるのが見えて足を止めた。

まっすぐな金髪に空色の瞳の儚げな美貌の従妹――第一王女キーラだった。

キーラはランドールを見つけると、パッと顔を輝かせて近づいてきた。

「ランドール！　最近はちっとも部屋に遊びに来てくれないから、寂しかったのよ」

無邪気に笑う従妹に、ランドールは苦笑するしかない。忙しくてキーラに会いに行く暇がなかったと言えば、キーラは子供のように拗ねてしまうだろう。

「悪かった。元気だったか？」

「ええ、わたくしは元気よ。……でも、ソフィアはどうかしら？　変な噂を聞いて、それで心配になってしまって……」

噂とは十中八九、ソフィアの父親を騙る男の話だろう。キーラの耳にも入っているということは、いよいよ城中に広まっていると考えていい。まったく頭が痛い。

優しいキーラは、ソフィアのことが心配で仕方がないのだろう。ソフィアもキーラの優しさを知れば彼女のことが好きになるだろうに、どうしてキーラと話そうとしないのだろうか。

ランドールはキーラを安心させるように微笑んだ。

「心配をかけたようだな。でも大丈夫だ。噂はじきに収まるだろう」

キーラは目を丸くした。

「そう……なの？」

「ああ。証拠もないただの噂だからな。今から陛下のもとへ相談に行くところだ。陛下もすぐに手を打たれるだろう」

「……そう」

キーラは考え込むようなそぶりを見せたが、次の瞬間にはにこりと笑ってランドールに道を開けた。

「ごめんなさい、忙しいところ邪魔をしてしまったわね。もしかしたら噂のことでお父様が落ち込んでいるかもしれないから、慰めてあげてちょうだい」

「わかった、そうしよう」

ランドールは頷いて、最後にキーラの頭をぽんと撫でると、急いで王の執務室へ向かった。


国王の執務室へ行くと、そこには先客がいた。ソファに座って、国王の対面でのんびりとティーカップを傾けていたのは、友人のカイル・レヴォードだった。

「ああ、ランドール。ちょうどいいところに来たな」

王が座るように言ったので、カイルがこの部屋にいることを不思議に思いながらも、ランドールはカイルの隣に腰かける。

それにしても、国王は思ったよりも元気そうだ。ソフィアの噂を聞いていないのだろうか。いや、そんなはずはない。ならばどうして泰然としていられるのだろう。

多少なりとも伯父が狼狽していると思っていたランドールは拍子抜けした。

「カイル、お前がどうしてここにいる」

メイドがランドールの前にティーセットを用意して去ると、ランドールは友人に視線を向けた。

カイルは国王を見たあとで、言いにくそうに「まあ、相談事を」と言葉を濁す。

「相談事？」

「うん、ちょっとね」

しかし、せっかくカイルがごまかそうとしたのに、のほほんと茶を啜《すす》りながら国王があっさり暴露した。

「お前とソフィアが離婚するなら、カイルがソフィアをもらってくれるそうだ」

「は⁉」

ランドールは素っ頓狂な声をあげて、じろりとカイルを睨みつけた。

「カイル、お前！」

「あくまで例えばの話だよ。こういうことは先手を打っておかないと後悔するって、学んだばかりだからね」

ランドールはむっと口をへの字に曲げた。五日前にレヴォード公爵邸で同じようなことを言っていたが、まさか国王にその話をするとは思わなかった。

ムカムカしてきたランドールは、出されたばかりの紅茶を勢いよく飲み干して、舌を火傷《やけど》して顔をしかめる。

「……陛下、カイルの冗談に耳を貸す必要はありません」

しかめっ面でランドールが言えば、国王は面白そうに目を細めた。

「でもお前、ソフィアが私の子でなかったら離縁すると言ったそうじゃないか。私は初耳だぞ」

ランドールは舌打ちしそうになった。カイルめ、余計なことまでべらべらと。

「それは前の話です」

「今は違うのか？」

「……それは」

どうなのだろう。ランドールの方こそ自分に問いたい。自分はいったいどうしたいのだろうか。偽物だったら離縁してやると息巻いていたつい一月半前が懐かしく思えるくらいに、ランドールは自分の心がわからない。

（……別に、ソフィアが偽物と決まったわけじゃない）

まるで自分に言い訳するように胸のうちでつぶやいて、ランドールは顔を上げた。

「今日はそんな話をしに来たのではありません」

「だがな、私はカイルとの話の途中だったのだ」

「今度にしてください。第一、陛下はソフィアが自分の娘でないとお認めにはならないでしょう？」

この様子では国王はソフィアの噂を知っている。知っていて能天気な顔で茶を飲んでいるのだから、その噂を真に受けていないはずだ。それどころか、国王はソフィアが自分の娘であると確信しているのだろう。つまり、どんなに噂が広がろうと、たとえ国王の前にソフィアの父を騙る男が現れようとも、ソフィアが自分の娘であることを疑いはしないのだ。

(心配して損したな)

ソフィアを溺愛している王のことだから、てっきり落ち込んでいるのかと思ったが、ランドールが思っている以上にこの王は図太いらしい。まあ、そうでなくては王などやっていられないだろう。

「当然だな。どういうわけか変な噂が広がりだしてから、王妃やキーラが来て、どうするのだと問い詰めてきたが、どうするつもりもない。ソフィアは私の娘だ。それは変わりようのない事実なのだ。誰がなんと言おうと曲げるつもりはない。……だがな」

王はそこでふと真顔になると、ランドールとカイルにそれぞれ視線を向けた。

「面白くない」

「……つまり？」

ああ、はじまったな、とランドールは内心で嘆息しつつ先を訊ねた。

「いいか？　ソフィアは私の娘なのだ。リゼルテはほかの男に心を許しておらん！

それなのに、どこの馬の骨とも知れん男が、あたかもリゼルテと恋仲だったかのように吹聴し、ソフィアを自分の娘だと主張したのだぞ⁉　不愉快に決まっているだろうが！」

王の言い分はもっともだと思ったが、これは雲行きが怪しくなってきたぞとランドールは思った。

ランドールは国王に頼んで、こっそりソフィアの父親を騙るガッスールとかいう男を捕えさせるつもりでいた。けれどもこの様子だと、王は〝こっそり〟後始末をするのでは納得いかないと主張するに決まっている。

案の定、王はいきり立ってランドールに命じた。

「その不届き者を捕える材料を探し、ソフィアの父親でないという証拠を持ってきて、二度とふざけた輩が現れんように大々的に見せしめにしてやれ！　噂は噂で消すのが一番手っ取り早いのだ！　ソフィアの夫として、お前が責任をもって片付けるんだぞ！」

ランドールは、がっくりと肩を落とした。

七章　悪役令嬢、メイドになる！

——三日月亭に、可愛いアルバイトが入ったらしい。

店の中はその噂で持ちきりだった。

ガッスールの身辺調査のためにカイルとともに庶民の格好に変装して三日月亭を訪れたランドールは、すでに店内でできあがっていた常連客がそんな話をするのを聞きながら、奥の席に着いた。

「可愛いアルバイトだって」

「……新しく人を雇うほど広い店には見えないがな」

ランドールはそう言って、さっと狭い店内に視線を走らせる。

人を雇って調べさせたところによると、ガッスールは週に一、二度この店に来ているというが、今日はいないようだ。

(長期戦になるのは仕方がないか)

こっそりガッスールを捕えて、噂が消えるのをのんびり待つような悠長なやり方は嫌だと王がごねたのだから、ランドールは従うより仕方がない。それにランドールだって、この噂には少なからず腹が立っているので、王の言い分もわからないでもなかった。

(ソフィアは陛下を慕っているからな。噂を耳にするだけでも傷つくだろう)

ソフィアが傷つく姿は見たくない。それはランドール自身も気づいていない小さな感情の変化だった。

「あ、噂のアルバイトの子が来たみたいだよ」

カイルがのんきなことを言ってカウンターのあたりを見やった。のほほんとしているように見えて、カイルは有能な男だ。噂のアルバイトに興味があるふりをしつつ、彼女たちがガッスールに関係があるかどうかを調査するつもりなのだろう。

「どうせだから、女の子に注文を聞いてもらおうよ」

怪しまれないようにか、わざと大きめな声でカイルが言った。ランドールはカイルの調子に合わせることにして頷いたが、『すみません』と件《くだん》のアルバイトを呼びつけようとしたカイルが「すみ――」と言ったところで不自然に言葉を切ったので思わず振り返る。

「どうし――」

なにか問題でもあったのだろうか。振り返ったランドールは、しかしカイルに問いただす前に言葉を区切り、そして大きく瞠目した。

「な――」

そのあとの言葉が続かない。

ランドールはカウンターの前で、常連客のひとりとにこやかに談笑しているアルバイトの少女を見つめたまま、茫然とした。

(……な、なぜソフィアがここにいるんだ⁉)

◇◇◇

――それは遡ること二日前。

「あら、このワンピース、可愛いですね！　よく見るとスカートの裾と袖口に小さな花模様が入っていて、素敵です！」

「そうでしょうそうでしょう？　ドレスもいいけど、庶民の間で流行ってる服も可愛いのが多いのよ！　うちのメイドたちに買いに行かせたんだけど、すっかり気に入っちゃったみたいで、ちゃっかり自分たちのも買ってきたくらいだもの」

「わかります！　わたくしも欲しくなってしまいますもの。あっ、このピンク色のワンピースはソフィア様に似合いそうです！」

「イゾルテはこのブルーのワンピースが似合うわね」

「アリーナ様にはエメラルドグリーンのこちらのものが」

「オリオンにはあえてこの黒と白のゴスロリよ。胸がぺったんこなのが寂しいけど、貧乳が好きだっていうマニアも意外と多いのよね」

「ごすろり？」

「こういうフリフリしたやつ」

「へー！　こういうのをごすろりって言うんですね‼」

すっかり意気投合してきゃいきゃいと騒いでいるイゾルテとアリーナからあえて視線を逸らし、ソフィアは「どうしてこうなったのかしら……」と遠い目をして窓外の青空を見上げた。

「……貧乳で悪かったわね」

オリオンもソフィアのベッドの上に広げられた服たちを見て、顔を引きつらせていた。

ガッスールという男が自分はソフィアの父親だと言いふらしているらしい。それを知ったソフィアは、ふと名案を思いついた。

このまま噂が広まれば、その噂を信じたランドールに離縁されるかもしれない。それどころか詐欺罪で捕まるかもしれないとなっては、ソフィアも黙ってはいられない。なんとしてもそのガッスールという男の口を塞いで、嘘だと認めさせなくてはならないのだ。

しかし当然ソフィアにはガッスールを捕縛する権利はない。ならばこちらから近づいて、嘘だという証拠を掴んでしまえ――、ソフィアはそう考えたのである。

幸いなことに、アリーナが調べ上げた、ガッスールが週に一度程度で顔を出すという店、三日月亭はソフィアのなじみの店だった。

ソフィアの母リゼルテが生きていたころは、月に一度、母の給料が出た日に食べに行っていたし、なによりそこの店主の息子テオがとても優しい少年で、頻繁に店の残り物を分けてくれていたから、店主のこともテオのこともよく覚えている。彼らはソフィアのことをまさか〝王女ソフィア〟だとは思っていまいから、店主やテオにお願いして、少しの間アルバイトとして店に潜入させてもらえないだろうか――と、ソフィアはアリーナとオリオンに相談した。

その結果がこれである。

〈なんであんなに服を買ってきたのかしら……。第一、庶民の服っていってもあれ、

結構いいやつよ。わたしや母さんが着ていたのはボロボロの、五着で銅貨一枚でたたき売りされてる分だったもん）

庶民と一口に言ってもピンキリだ。いい仕事をしてそれなりの生活をしている者もいれば、ソフィアとリゼルテのようにカツカツの生活をしている者、もっとひどければ、食べるものもなくてひもじい思いをしている人もいる。

そんな人に合わせて、服を売っている店もさまざまだ。ソフィアたち母子が利用していた店は、古着ばかりを扱う店だった。アリーナが買ってきたのは庶民の中でも金持ちの家の子供が出入りしている店のものだ。おそらく、一着銀貨一枚以上はするはずである。

（まあ、店に立つって考えればそれほど目立ちはしないだろうけど……）

テオも、普段はボロボロの服を着ているが、店の手伝いをするときはいい服を着ていた。食べ物を扱う店員が汚い格好をするものじゃないというのが、三日月亭の店主のこだわりらしい。テオが『高い服だから汚したら母ちゃんにマジで怒られんだよなあ』とぼやいていたのを思い出す。

さすがに庶民の店にドレスで立つわけにもいかないから、アリーナが服を買ってきたのはわかる。だが、その服が問題だった。どうしてどこぞのメイドカフェのようなふりふりひらひらの服を買ってくるのだろう。

しかも、そのふりふりひらひらな服はイゾルテの新しい扉を開けてしまったようだ。今後、ソフィアのクローゼットにゴスロリ服が増えていくことを想像し、ソフィアはゾッとする。

（いやいや、イゾルテが欲しがっても、たぶんヨハネスさんたちが却下してくれるはずよ！　第一ランドールが許すはずないわ）

きっとランドールのことだ。『ヴォルティオ公爵家の品が〜』などと言って反対してくれるはずである。

よし、考えないようにしよう。ソフィアの精神衛生的にもそれがいい。

ソフィアが〝三日月亭潜入調査〟の計画をアリーナに相談すると、危険だと反対されると思っていたのに、彼女はあっさり賛成してくれた。その翌日にはこうして、探偵よろしくノリノリで服を買いあさってきたくらいだ。

オリオンも最近退屈していたのか、『ま、わたしがついていくんだし、大丈夫でしょ？』と言っていた。オリオンは公爵家に来てからは特にごろごろしてお菓子ばかり食べているが、元近衛隊の将軍でもあった祖父に鍛えられただけあって、これでも腕は確かである。

そしてイゾルテは、たぶんソフィアたちがなにをしようとしているのか気づいていない。ソフィアも馬鹿正直に下町で潜入捜査をしてくるなどとは言わないから、単に物珍しい服を着て、レガート伯爵家でお茶会をすると思っているはずだ。

（この計画が公爵家の人たちにばれたら終わりだもの。絶対に反対されるし、ランドールに報告されるだろうから、なにがなんでも秘密にしなきゃ）

今のところ、アリーナの家に遊びに行くという嘘はばれていない様子。ここでアリーナが持ち込んだ妙な服に着替える理由についても、アリーナが『イゾルテも見たいかと思って』と言えば、純粋なイゾルテはあっさり騙された。ごめんね、と心の中で謝っておく。

「……アリーナ、わたし、そのゴスロリは着ないからね」

オリオンがアリーナが勧めてきた白と黒のゴスロリを見て、嫌な顔をした。

「あら、だめ？」

「だめ。第一動きにくいし」

ゴスロリが心の底から嫌なのだろうが、なにもそれだけの理由で却下したわけではなさそうだ。オリオンはソフィアの護衛だから、なにかあったときに動きやすいものを選びたいのだろう。

アリーナが肩をすくめた。

「まあ、そう言うとは思っていたけどね。ちゃんと用意してきたわよ、オリオンのための服」

そう言いながら、アリーナがまだ開けていない包みをガサガサと開いた。中から出てきたのは、いかにもという燕尾服《えんび》。どう考えても執事コスだ。

「…………」

オリオンが微妙な顔をした。

「メイドカフェにはこれでしょ」

「まず、どうしてコンセプトがメイドカフェなのかを教えてほしいわ」

オリオンが説明を求めたが、アリーナはにっこりと完璧な笑みでごまかした。

アリーナは賢いし有能だが、たまに変にネジが緩む。きっと今回の〝潜入捜査〟という響きが彼女の中の琴線《きんせん》に触れたのだろう。

「探偵コスがあれば一番よかったんだけど、それっぽいチェック柄がなかったみたいなのよね」

アリーナはいかにも探偵が着ていそうなチェック柄の上下にパイプをくわえたスタイルがよかったらしいが、それではゴスロリ以上に目立つだろう。アリーナがメイドに買いに行かせたという服屋に、そんな妙なものが置いていなくて本当によかった。

（それにしても、アリーナの説明だけでゴスロリや執事コスを買ってくる伯爵家のメイドたち、すごすぎる……）

まさに以心伝心の域である。そんな以心伝心、ソフィアは嫌だ。

ソフィアは衣装を見ただけでぐったりしてしまったが、ひらひらの服に夢中なイゾルテは、ベッドに広げられた服を物色しながら、ソフィアになにを着せようか悩んでいる様子だった。

「どれにしましょう」

「少なくとも数日は毎日わたくしの家でお茶会をするから、気に入ったものがあれば数着取っていただいて結構よ」

確かに一日、二日で成果をあげられるはずはないけれど、これから毎日のようにゴスロリ服生活かと思うと頭が痛くなってくるソフィアである。人が着ているのを眺めるのは楽しいが、自分が着る趣味はないのだ。

イゾルテはパアッと顔を輝かせた。そして——

「それでは奥様！　今日はこちらにいたしましょう！」

アリーナが買ってきた中で一番派手なショッキングピンクのゴスロリ服を手に取っ

て、これまでにないほどのイイ笑顔を浮かべたのだった。

＊＊＊

(あれはなかったわ。よかった、今日は薄ピンクで……)

初日にとんでもなく精神ダメージを負うショッキングピンクのゴスロリを着させられたからか、二日目の今日、ソフィアはまだ心穏やかでいられた。

三日月亭潜入捜査二日目である。

三日月亭の店主に、友人ふたりと一緒に少しの間だけ働かせてほしいと頼み込んだところ、店主は、二年半ぶりに姿を見せたソフィアに驚きつつも、なにか事情があると踏んだのか、『お嬢ちゃんたちみたいな美人が店に立ってくれたら、売り上げも倍増だろうよ』と言って快く雇い入れてくれた。

テオは久しぶりに会ったソフィアを見て、まるで幽霊でも見たかのように呆《ほう》けた表情をしていたが、しばらくここで働かせてもらうことになったと言えば、率先して仕事を教えてくれた。相変わらず優しい少年である。

「重いもんは持つなよ。そんな細い腕じゃ、折れちまうからな」

男装しているオリオンも女だと教えると、テオはソフィアたち三人にそう釘を刺した。たぶんだが、テオよりもオリオンの方が力持ちなのだが、昔から父親に『女の子は大切に守るものだ』と教えられたテオはかなりのフェミニストだ。

開店前に、ソフィアが店の裏手で麦酒を入れるコップを準備していると、テオがひょこっと顔を出した。テオは短い黒髪にほっそりとした少年で、二年半前までは身長もソフィアと同じくらいだったが、ソフィアが市井から離れていた間に背が伸びたようで、頭半分ほどソフィアより高くなっている。

「お前さ、この二年半の間、どこにいたの？　そんな上等な服着て、なんか金持ちのお嬢さんにでもなったみたいだ」

庶民の服とはいえ、今着ている服はソフィアが市井で暮らしていたころに着ていたものの十倍以上の値段がする。ボロボロの服を着ていたときのソフィアしか知らないテオからすれば、それは驚くだろうなと思った。

「ええっとね、実はお父様が迎えに来てくれて……」

「……なるほど、お父様、ね」

テオはソフィアの父親の呼び方ひとつで、ソフィアが引き取られた先は裕福なところだとあたりをつけたらしい。まだなにか言いたそうだったが、それをぐっとこらえたように笑うと、ぽんっとソフィアの肩を叩いた。

「よかったじゃん。心配してたんだけど、安心した。……いや、うちで働きたいって言うくらいだから安心しちゃいけないのか？」

「あ、ええっと、わ、わたしが！　わたしが働きたいって言ったの！　ほら、ええっとなんだっけ、働かざる者食うべからず？　なにもしないのも気が引けるでしょ？」

苦しい言い訳だったが、信じてくれたようで、テオはプッと吹き出した。

「なんだそれ！　せっかくいい暮らしができるんだから、こんな酔っ払いだらけのところに働きに来なくてもいいだろうに、相変わらず変わった女だな！　まあいいや、お前が元気そうだってわかっただけで。じゃ、これもらってくぞ」

テオはひとしきり笑うと、ソフィアが用意していたコップをいくつか抱えて、店へと戻っていく。ここから離れて二年半も経ったのに、テオはまだソフィアのことを気にかけていてくれたらしい。

(そういえば母さんが死んで塞ぎ込んでいたときも、よく家に来てくれたっけ。差し入れを持ってきて、食べないとだめだろって怒りながら……ふふ、相変わらず優しいんだから)

城に引き取られて、そのあとランドールと結婚して、ばたばたした二年半だったから、市井の暮らしを思い出す暇もなかったけれど、ここに戻ってくると懐かしくなってくる。リゼルテが生きていれば、今もここで大変だけれど楽しく暮らしていたのだろうか。『グラストーナの雪』の展開上、それはあり得ないことだとわかっているけれど、ちょっぴりしんみりしてしまう。

（って、感傷に浸っている暇はないわ！　今はガッスールとかいう男よ！　今日は来るかしら？）

　アリーナの話では週に一度ほどのペースで店に来ているとのことだ。アリーナがそれとなく店主に探りを入れたところ、昨日を含めて四日ほど来ていなかったらしい。多いときは週に二回来るそうだから、そろそろ顔を見せてもおかしくない。

　ソフィアは洗い場のたらいに張った水に映る自分の姿を確かめた。顔見知りである店主とテオが訝《いぶか》しむから、アリーナとオリオンほどソフィアは変装していない。緩く波打つ金髪はきっちりとひとつにまとめて、アリーナが仕入れてきたメイドキャップのような被り物をし、度の入っていない丸い眼鏡をかけている。

　変装としては心もとないが、城で暮らしていたときは王妃に許されず一度も外出していないので、平民街の人間で〝王女ソフィア〟の姿を知る者はいないだろう。

　まさかここに貴族が訪れるとも思えないから、大丈夫のはずだ。

「リゼ、そろそろこっちに入ってって店主が」

店のテーブルを拭いていた、ピンクのウィッグをかぶったアリーナが裏口から顔を覗かせてソフィアを呼んだ。アリーナの今日の服は、空色のゴスロリに白エプロンである。

ソフィアの名前は封印した方がいいだろうとアリーナが言うので、ソフィアはここでは〝リゼ〟と呼んでもらうことにしている。

「わかった」

空を見上げれば、夕日が傾いて、空のてっぺんは暗くなりはじめている。そろそろ開店の時間だ。

カウンターの裏にある裏口から店に入ると、テオが店の玄関を開けて、木の板に文字を書いただけの簡素な看板を出していた。同時に、すでに外で待っていたらしい常連客が四人入ってくる。彼らはほぼ毎日やってくる客で、土木関係の仕事をしているらしい。決まってカウンターの近くのテーブルに四人固まって座って、ほどほどに酒に酔って帰っていくそうだ。

「昨日の別嬪《べっぴん》さんたちは？」

笑いながら訊ねたひとりが、カウンターの奥にソフィアとアリーナの姿を見つけてひらひらと手を振った。ソフィアとアリーナが手を振り返すと、彼らの近くにいた店主を素通りしてソフィアに「麦酒四つ」と注文を入れてくる。

「豚の炒め物もね」

「あと塩ゆで豆の大皿も」

「はーい、少しお待ちくださいね」

　看板を出し終えたテオが麦酒を用意して、器用に四つまとめて持つと、テーブルの上に置いた。塩ゆで豆は準備ができているので、ソフィアはその大皿を持ってテーブルへ向かう。店主が豚の炒め物を作るいい香りがした。

「店主、二階も準備できたよ」

　人が多いときに開ける二階の準備をしていたオリオンが、カウンター横の階段から降りてきた。

　執事のような格好のオリオンは、シルバーグレーのウィッグをかぶっている。調子に乗ったアリーナが〝宝塚《たからづか》風メイク〟を施したせいで、普段は男に間違えられることもある彼女も、どこからどう見ても男装の麗人だ。

　今日は週末なので、いつもより人が増えることが予想されるそうだ。一階が混雑してきたら、グループ客は二階に上がってもらうことにしようとテオが言った。

「人が少ない今のうちに二階に酒樽《さかだる》とコップを運んでおきたいから手伝ってくれ。あ、酒樽は俺が持つから、お前らは裏のコップを……とりあえず二十あればいいか。持ってきてくれねえかな」

料理は一階から運ぶが、混雑時に酒まで取りに行くのは大変なので、よく注文を受ける麦酒は二階にも準備しておくらしい。昨日はさほど混雑しないだろうと踏んでいたから用意しなかったのだそうだ。

ソフィアたちは頷いて、テオとともに店の裏の倉庫へ向かった。テオが重そうな酒樽を抱えて先に店に戻る。ソフィアたちは洗って乾かしていた木製のコップを抱えてテオのあとを追った。

狭い階段を上がると、オリオンが準備した二階の部屋には丸テーブルが四つ置いてある。テーブルの奥には一階の半分ほどのカウンターがあって、テオはカウンターの奥に酒樽を置いた。

「コップはカウンターの上に逆さまにして並べておいてくれ」

ソフィアたちが言われた通りコップを並べ終えると、テオが二階の小さな窓から下の通りを見下ろして、「客が増えてきたな」とつぶやいた。混雑するほどではないが、店主ひとりでは厳しいだろうと言うので、ソフィアたちが急いで階下へ降りると、最初は四人だけだった店内は、十人ほどに増えていた。

「リゼ、奥のテーブルに注文を聞きに行ってくれるかい？　ルナは手前のテーブルにスープと酒蒸しを、アルは左のテーブルにりんご酒を頼むよ」

ちなみに、ルナがアリーナの偽名、アルがオリオンの偽名である。

ソフィアは店主に頼まれた通り、店の奥のテーブルに座るふたり組のもとに向かった。ふたり組はともに男性のようだったが、フードをかぶっていて顔はよく見えない。

ソフィアがテーブルへ行くと、俯き加減に「麦酒をふたつ」と言った。声の様子から、なんとなく、まだ若い男だろうと思う。ほかに注文はないかと訊ねると、ふたりのうちの片方の、フードの端からちらりと金髪が覗いている男が、ちょっとだけ顔を上げて、楽しそうな口調で言った。

「おすすめは？」

「おい」

もうひとりが咎めるような口調で止めようとするが、彼は気にせずに続ける。

「ここ、はじめてなんだ。なにが美味しい？」

ソフィアはちょっと考え込んだ。

「なんでも美味しいですけど……そうですね、鶏の唐揚げと、牛すじ煮込みはお酒によく合うかもしれませんね」

ソフィアがかつて通っていたときに好きだったメニューを挙げると、彼はなるほどと頷いてそのふたつを追加で注文してくれた。

ソフィアは注文を店主に伝えつつ、ふと気になって奥のテーブルを振り返る。

「どうかした?」

オリオンがさりげなくソフィアの隣に立って小声で訊ねた。

ソフィアはちょっとだけ首を傾げたあと、ゆっくり横に振る。

「なんか、どこかで聞いたことがあるような声だった気がしたんだけど……気のせいだと思う」

あの奥のテーブルのふたりははじめての客だというから、ソフィアが母とともにここへ通っていたときの常連でもないだろう。ただの気のせいだ。

「リゼ、先に麦酒ふたつ」

「あ、店主、わたしが持っていきます」

麦酒がなみなみと注がれている大きなコップは重たいだろうからと、オリオンがソフィアの代わりに奥のテーブルへ運びに行った。

アリーナは新しくやってきた三人組を、テオの指示で二階に案内している。

店の中がだいぶ混雑しはじめたときだった。ぎい、と軋《きし》んだ音を立てて開いた店の玄関からひとりの男が入ってきた途端、店の中が一瞬だけ静かになった。

ほんの一瞬のことだが、その不自然な空白に、ソフィアが顔を上げたとき、テオが急ぎ足でこちらへやってくる。

「お前らは二階に上がってろ。……ちょっと面倒な客なんだ」

「面倒?」

ソフィアはテオの肩越しに男を確認した。五十前に見えるやせ型の男だった。身長はテオより少し高いくらいだから、百七十二、三センチというところだろう。平々凡々な顔立ちだが、鼻だけが異様に大きい。なにが面白いのか、ニヤニヤと口元に笑みを貼りつけていた。

「……誰?」

「よく知らねえけど、イカレたおっさんだよ。自分が王女様の実の父親だとか言って、偉そうなんだ。まあ、金払いはいいんだけどな」

「え?」

(ちょっと待って、それってガッスールじゃないの⁉)

どこからどう見ても金持ちの顔じゃねえんだけどな、とぼやきながら、テオがソフィアの背中をぐいぐい押した。

目当ての男が来たというのに、テオに二階に上がるように指示をされて、どうすればいいのかとソフィアがアリーナを見れば、彼女は大きく頷いて、ソフィアの腕を取った。

「わかりましたわ。二階で給仕をしています。アルも行きましょう」

ここでガッスールを逃がすわけにはいかないのだが、アリーナは賢いのでなにか考えがあるのだろう。ソフィアもここは素直に指示に従うことにした。

二階に上がると、ソフィアたちの姿を見つけた客が麦酒を注文してきたので、事前にテオから聞いていたやり方で注いでテーブルに出す。麦酒は、いかにうまく泡を作るかが大切なのだそうだ。

料理はすでにテオが運んでいたようで、麦酒以外の注文が入ることはない。

カウンターの奥に三人並んで、ソフィアたちはその隙に作戦会議をすることにした。

「で、どうするの？」

「できれば一階に戻ってガッスールからなにか嘘の証拠になりそうなものを引き出したいところだけど、今はだめよ。少し酔わせてからの方が都合がいいし、すぐに近づいたら怪しまれるかもしれないじゃない？」

「でも、二階にいる間に逃げられるかも」

「それは大丈夫よ。あの男、店に来たら夜中まで帰らないらしいもの。酔いつぶれるまで飲むんですって」

　さすがアリーナ。よく調べている。

「まあ、最悪、力業に出てもいいけどね」

　オリオンがそう言いながらぽきぽきと指を鳴らした。オリオンは剣術、体術ともにスペシャリストだから、武術の心得のなさそうなガッスールなど、あっという間にひねり上げられるだろう。

　ソフィアはふと気になって、オリオンに訊ねた。

「前から聞きたかったんだけど、オリオンの実力ってどのくらいなの？」

「わたしは軍に入ってないし、実際は兵士試験を受けたわけでもないからよく知らないわよ。ただ、じい様は、近衛の小隊長程度なら負けないだろうって言ってた」

「あら、オリオン、思った以上に強かったのね」

　アリーナが感心半分驚き半分という表情をしたから、近衛の小隊長を負かせるレベルは相当のものらしい。

ソフィアと年が近く、なおかつ女でそれなりの実力があるからと十四歳にして護衛に選ばれたオリオンは、十五歳にならなければ受けられない兵士試験は受けていない。本当は十五歳になったら受ける予定だったのだが、ソフィアの護衛としての職にありつけたから受けるのをやめたそうだ。

「でも、実力行使に出るのはもう少し様子を見てからよ。最悪、わたくしの諜報部隊たちを潜ませているから、彼らに捕えさせて自白剤でも――」

ふふふ、と楽しそうに笑うアリーナが怖い。

伯爵令嬢であるアリーナは気軽に出歩いてみたり、個人で諜報部隊を雇ってみたりと、自由奔放に振る舞っているけれど、訊ねたところ、彼女の両親は基本的に放任主義で、社交界デビューしてからはアリーナのすることに口を挟まないそうだ。伯爵家の名前を傷つけるようなことをしなければなにをしても許されるらしく、アリーナは『要は世間にばれなきゃなにをしても怒られないのよ』と言っていた。アリーナにはぴったりな両親だと思う。

「どうやっても逃がすつもりはないからいいんだけど、できれば自分からぼろを出してくれた方が助かるのよね。ちょっと気になることもあるし」

「気になること？」

「わたくしの諜報部隊によると、ガッスールはこの店で時々女と会っているらしいのよ。フードをかぶっていて、正体はわからなかったみたいなんだけど、その女も怪しいのよね。なんでも、ガッスールにお金を渡していたそうだし、その女、この店から少し離れたところに馬車を停めていて、それを使って貴族街の方へ向かったそうだもの」

それは確かに怪しさ満点だ。

「だからうまくガッスールと女を一網打尽にできないかと思っているのよね」

「……それなら、うまくいくかもね」

オリオンが二階の小さな窓から通りを眺めつつ笑った。

「今、それっぽいフードをかぶった人間が店に入ってったわよ。骨格からして女か子供のどちらかってところだろうけど、ここに子供は用がないだろうから、アリーナの言う女に間違いないんじゃない?」

アリーナはニヤリと笑う。

「ふふ、面白くなってきたわ」

◇◇◇

「おい、来たぞ」

ソフィアがおすすめだと言う鶏の唐揚げをつまみながら、ランドールが小さく目配せすると、麦酒を飲むふりをしつつカイルは店の玄関に視線を投げた。

店に入ってきたのはひょろりとした中背の中年男だ。人相はあまりよさそうに見えない。ぎょろりとした目をしていて、口元にはにやにやと人を小馬鹿にしたような笑みを浮かべている。王女ソフィアは自分の娘だと声高に語っている、ガッスールという名の男だ。

(あれが城の門番として雇われていた? ……到底そうは思えないが)

噂では、ガッスールは城の門番をしていて、そこでソフィアの母リゼルテと関係を持ったらしい。だが、侍女と門番に知り合う機会があるとは思えないし、第一、城で雇われる者は門番であろうとも人選がなされている。ガッスールのような品のなさそうな男を雇うだろうか。

(……やはり嘘の線が濃厚だな)

ランドールはさっと店内に視線を這わせた。一階にソフィアの姿はない。先ほど二階に上がるところを見たから、できればこのまま降りてこないでくれと祈りつつ、ランドールたちとは反対側の奥の席へと腰を下ろしたガッスールを観察する。

ソフィアがこの店にいるのを見つけたとき、ランドールは息が止まりそうになった。カイルも驚愕して、しばらくは口がきけなかったほどである。

（どこからか噂を聞きつけて様子を見に来たってところだろうが、無茶をする）

髪をまとめて眼鏡をかけているが、あれで変装しているつもりなのだろうかとあきれたほどだ。見ればオリオンとアリーナらしき姿もある。アリーナが公爵家へ出入りしているのはヨハネスから聞いていたが、一見品行方正そうな伯爵令嬢アリーナも、ソフィアと気が合うくらいにはじゃじゃ馬なのだろう。頭が痛くなってくる。

本音を言えば、すぐにソフィアを捕えて公爵家へ連れ帰りたいところだったが、こちらも変装して潜り込んでいるからそれもできない。ガッスールの件を片付けたあとは今日のことを問い詰めてやらねばなるまい。今後同じことをされては困るからだ。

（このあたりはソフィアが暮らしていた場所とはいえ、あいつは王女の自覚がないのか？）

オリオンが一緒とはいえ、王女がふらふらと出歩くものではない。ましてやこんな飲み屋で給仕の真似事をするなどもってのほかだ。酔っ払いに絡まれでもしたらどうする。ソフィアはそれでなくても目を引く美人なのに、無駄に派手な格好をして、客に話しかけられるたびに愛想よくにこにこと微笑んで——なぜだろう、思い出すだけでムカムカしてくる。

（あいつ、俺の前ではあまり笑わないくせに）

ソフィアがランドールの前で笑わないのは、ランドールの態度に問題があるからなのだが、それがわかっていても腹が立つのはどうしてだろうか。

「……ランドール」

ランドールがソフィアの笑顔を思い出して苦虫を噛み潰したような顔をしていると、カイルがフードの端を押さえながらくいっと顎をしゃくった。

給仕を探すふりをしつつ振り向けば、あきらかに怪しそうなフードをかぶった人物が、玄関からまっすぐにガッスールの座っている席へと向かっていくところだった。

「女か？」

「さあな。小柄な男という線もあるが……」

「どちらにせよ、なにかあるのは間違いないな」

「どこから来たのかは外の連中が探るだろう」

店の外の少し離れたところに数人の兵士を待機させている。怪しい人物を見かけたら探るよう伝えておいたから、おそらくこの人物が店に入るのを見た時点で、探りを入れているだろう。

ランドールとカイルが座る席からは、ガッスールたちの話し声は聞こえないのが残念だが、最悪、この場で騒ぎを起こさせればいい。

（大々的に見せしめにして、噂を噂で消し去るのが陛下の望みだからな。多少強引なことをするくらいがちょうどいい）

証拠も探せということだが、捕えて自白させれば済む話で、幸いなことにもうひとり、フードをかぶった怪しい人物もおまけでついてきた。いよいよきな臭いので、探ればいくらでもぼろが出てきそうだ。

「様子を見て、ふたりが店を出たタイミングで捕えるか？」

「それがいいだろう。狭い店の中で暴れるわけにもいかないし、通りで騒げば人の目があるからな。目立った方がいろいろ都合がいい」

「りょーかい」

カイルはぐいっと麦酒をあおった。ガッスールたちは今来たばかり。もうしばらく店にいるのはわかっているので、酔わない程度に食事と酒を楽しむことにしたらしい。

ここの店は、安い割にそこそこ美味《うま》い。

カイルがテオを呼びつけて、麦酒をふたつ頼む。

ランドールは牛すじの赤ワイン煮込みをつつきながら、機嫌よく麦酒を飲んでいる友人を見やった。

今日のこの潜入調査は別に、ランドールひとりでもよかった。相手は手練《てだ》れでもなんでもないし、ガッスールの捕縛のために兵も動かしている。それなのに、カイルが強引についてきたのだ。

(……こいつ、どこまで本気なんだ？)

ソフィアがランドールと結婚していなければ、カイルが求婚するつもりだったというのは先日聞いた。最初は冗談かと思ったけれど、王のもとへランドールとソフィアが離縁した暁《あかつき》にはソフィアが欲しいと頼みに行ったということは、少なくともカイルは本気なのだろう。

「カイル、お前、本当にソフィアに求婚するつもりだったのか？」

何気なく訊ねてみると、カイルは唐揚げを頬ばりつつ頷いた。

「ああ」

カイルが迷いなく頷くから、ランドールは閉口してしまう。

「嘘じゃない。可愛いし、すっごくいい子だし、俺、割と本気で好きだよ。お前に隙があれば横からかっさらおうと思っているほどにね」

カイルが真剣な青い瞳を向けてきたから、ランドールの胸がざわりと揺れる。これが嫉妬なのか、不安なのか、はたまた別の感情なのかはわからないが、ひとつだけわかりきったことは——どうしようもないほどに、不快だということだった。

「だから、離縁するつもりならいつでも言って」

「離縁などしない」

自然と口をついて出た言葉に、ランドール自身の方が驚いた。思わず口元を押さえる。

カイルは二杯目の麦酒をコップ半分ほど飲み干した。

「そりゃ残念だが、お前に離婚する気がなくても、ソフィア様の方がお前に嫌気が差すかもしれないから、諦めるつもりはないけどな」

カイルはふっと瞳を和ませると、半分冗談のような口調でそう言って、追加の料理を頼むためにテオを呼ぼうと軽く手を上げた。

だが、テオがそれに気がつくよりも前に——

「ふざけるな‼」

大きな怒鳴り声とともに、ガタンと音を立てて奥のテーブルが蹴り倒された。

◇◇◇

「なんの音?」

二階にいたソフィアたちのもとにも、その音は届いていた。

その場にいた客にも当然聞こえていて、ひとりの酔っ払いが興味本位で階下の様子を見に行き、すぐに興奮した様子で戻ってきた。

「喧嘩だ!」

その一言で、二階にいた男たちが全員競うように階下へ駆け下りていった。

ぽつんと取り残されたソフィアたち三人は顔を見合わせる。

「喧嘩だって」

「さっきの男の興奮した様子じゃあただの口喧嘩ってわけでもなさそうね」

「ふふ、ちょうどいいわ。ガッスールたちの様子もうかがいたかったし、わたくしたちも下に降りて野次馬に紛れましょう」

アリーナはなかなか怖いもの知らずだ。

しかし、ソフィアの目的はガッスールの嘘を暴くことである。アリーナの言う通り、これはガッスールの様子を探る絶好の機会だった。

ソフィアたちが急いで階段を駆け下りると、一階は騒然としていた。だが、カウンターの周りにも人の壁ができていて、背の低いソフィアにはなにも見えない。

ソフィアたちに気づいたテオが人の間を縫って近づいてくる。

「おい、危ないぞ」

「喧嘩って聞いたから」

「だからって見に降りてくるかよ」

テオはあきれ顔だ。

アリーナはどうにかして人と人の間から奥が見えないかと顔を動かしながらテオに訊ねた。

「それで、どうなっていますの?」

「ガッスールが、女に掴みかかってるわよ」

ソフィアとアリーナよりも背の高いオリオンが、その場で軽く飛び跳ねて奥の様子を教えてくれた。なんと、喧嘩をしていたのはガッスールらしい。

テオががしがしと頭をかいた。

「そうだよ。なんかよくわかんねえけど、ガッスールがいきなり怒りだしたんだ。テーブルもひっくり返しちまったから、床が汚れちまったし、片付けるのが面倒くせーったらねぇよ」

テオによると、ガッスールが掴みかかっている相手は、ガッスールがここで頻繁に会っている女らしかった。いつもフードを目深にかぶっていて、妙な女だと思っていたからテオの記憶にもしっかり残っているそうだ。

「金髪の女ね」

ソフィアがテオに事情を聞いている間に、どこからか踏み台を持ってきたアリーナが、それに上って奥を確認して言った。女は、ガッスールに掴みかかられた拍子にフードが落ちて、隠していた顔があらわになったらしい。

「……あの顔、どこかで……」

踏み台を使うことで、周囲の人間より頭ひとつ分高くなったアリーナは、難しい顔で考え込むと、ソフィアを手招きした。

「リゼ、ちょっとここに上って見てくれない？　あの女の顔、どこかで見た気がするのよ」

「ルナでわからないことが、わたしにわかるとは思えないけど……」

ソフィアはアリーナの隣に上って、アリーナの指さす方を見た。ガッスールが真っ赤な顔をして怒っていて、壁に女を押さえつけている。

アリーナの言う通り、ストレートの金髪の女だった。小柄で、目は小さい。ガッスールに押さえつけられて苦しそうに眉を寄せていた。早くガッスールを止めないと彼女がかわいそうだが、誰かが止めようとするたびにガッスールが拳を振り回して暴れるので、誰も手が出せないようだ。

「……ん？」

女の顔を凝視したソフィアは、ハッと顔を上げた。

「あの人、キーラの侍女に似てるかも」

「やっぱり、わたくしの気のせいではなかったようね」

アリーナは頷いて、踏み台の上で様子をうかがうアリーナとソフィアをはらはらしながら見上げているテオに言った。

「警邏は呼びましたの？」

「あ、ああ。さっき親父が……」

「そう、じゃあ時間の問題ね。でも……」

アリーナの考えていることがソフィアにもわかった。ガッスールとキーラの侍女がつながっているのならば、なにか裏があるのは間違いない。けれども、一般市民からなる警邏隊ではキーラの侍女を捕えることはできないだろう。なぜなら、侍女の多くがそうであるように、キーラの侍女もまた貴族令嬢だからだ。

「……せっかくいい証拠になりそうですのに。ついでに、あの女をぎゃふんと言わせる大チャンスですのに……！」

アリーナが爪を噛んだ。

ガッスールとキーラの侍女がつながっているのならば、今回の偽父騒ぎにキーラが一枚絡んでいる可能性が高い。先日の城のパーティーで起こった赤ワイン騒動も、アリーナは十中八九キーラの自作自演と踏んでいるようだが、証拠がなくて有耶無耶《うやむや》になったままだった。アリーナはそれがよほど悔しかったと見える。

（でも、キーラが絡んでくるなんて……、あいつ、どこまでわたしが邪魔なのかしら？）

城から去って、ようやくキーラの執拗《しつよう》な嫌がらせから逃げられたと思っていたのに、まだ飽き足らないらしい。

うんざりしたソフィアがため息を吐き出したときだった。

「お前、ソフィアとかいう王女の父親だって騒いでれば、一生食うに困らねえ金をくれるっつっただろーが‼　それなのに終わりとはどういうことだ！　いいからさっさと金を出しやがれ‼」

ガッスールの叫び声が店内に響き渡った。

まさかこうもあっさり、それも大衆の面前で証言が取れると思っていなかった。

驚いたソフィアは、次の瞬間、さらに驚愕することになる。

「そこまでだ」

「はい、手を放そうね」

静かな声とともにガッスールと女の間に割って入り、いきり立ったガッスールが拳を振り上げるよりも早く足払いをかけてその場に取り押さえた男ふたり――

(ランドール⁉)

ガッスールを取り押さえる際にフードが外れて、隠されていたその顔を見たソフィアは、あまりのことに息を吸い込んだまま呼吸を忘れた。

「縄をくれ!」

ランドールに言われて、店主が慌てて店の裏手にあった使い古した縄を持ってきた。

「放せ!」

取り押さえられたガッスールが暴れるも、ランドールが素早く彼の手足を縛り上げる。

金髪の女は、ガッスールに掴まれた喉元に違和感が残るのか、喉を押さえながらも茫然と立ち尽くしていたが、次のカイルの一言で豹変した。

「君も来てもらうよ」

「な！　わたくしには関係ございません！」

そう言って、さっと身を翻して駆けだそうとするも、カイルが先回りをして彼女の行く手を遮る。

悔しそうに歯噛みしてカイルを睨みつけた女が、その奥にいたソフィアに気がついて目を丸くした。

「……あの女」

ソフィアと視線が絡むと、女はカッと目を見開いた。

「全部お前のせいよッ‼」

ハッとしたときには遅かった。

女は近くのテーブルをカイルに向かってひっくり返し、カイルが慌てて飛びのいた隙に皿のひとつをソフィアに向かって投げつける。

オリオンがソフィアをかばうように突き飛ばしたが、そこへ、女は落ちたフォークを握りしめて突進してきた。

「――――！」

よけきれない。

「ソフィア‼」

オリオンの叫び声がする。

ソフィアは覚悟を決めてぎゅっと目をつむり——、しかし、いつまでたっても襲ってこない衝撃に、恐る恐る目を開けて息を呑む。

「ランドール⁉」

ソフィアの盾になるように立っていたのは、ランドールだった。

ホッとしたのも束の間、ソフィアはランドールの左手を見て愕然とする。

「ランドール、血……」

「止めるときにかすっただけだ」

そう言うが、ランドールの左手からはぽたぽたと鮮血が流れ落ちていた。

ランドールは右手一本で器用に女を押さえつけると、カイルに縛り上げるように頼んで、左手の甲をぺろりと舐める。どうやら傷ついたのは手の甲らしい。

「そんなことより、どうしてお前たちがここに……」

ランドールが咎めるような視線をソフィアに向けてきたが、ソフィアはそれどころではなかった。

慌ててポケットを探ってハンカチを取り出すと、ランドールの左手の甲を押さえる。

「ランドール、傷口洗わなきゃ！　テオ！　傷薬ない⁉」

「あ、ああ、ちょっと待ってろ！」

「ソフィア、かすり傷だと……」

「これだけ血が出てるのに、かすり傷なはずないじゃない！」

ソフィアはランドールを睨みつけて、傷口を洗うために店の裏手に連れていこうと腕を引く。ランドールは最初は抵抗したものの、カイルから後始末は引き受けると言われて、渋々ながらに諦めたようだ。

店の裏手で傷口を洗い、テオが持ってきてくれた傷薬で手当てをしながら、ソフィアはきゅっと唇を噛みしめる。

（わたしのせいで、ランドールが怪我をしちゃった……）

それもこれも、ソフィアが調子に乗って潜入捜査をはじめたからだ。ソフィアがここにいなければ、あの女も逆上なんてしなかっただろうし、ランドールが傷つくこともなかったはずだ。

悔しいやら悲しいやらで泣きそうになっていると、ランドールの右手がぽんっとソフィアの頭に乗った。ぽん、ぽん、と規則正しく、まるで幼子をなだめるように撫でられる。

「だからかすり傷だ。そんな顔をしなくていい」

「でも……」

「俺のことより、……お前に怪我がなくてよかった」

ランドールの右手がソフィアの背中に回って、そのまま軽く引き寄せられた。

ぽすん、とランドールの腕の中に納まって、ソフィアは驚きのあまり硬直する。

鼓動が少しずつ速くなって、気がつけば壊れそうなほどに大きくうるさくなってい
て――、ソフィアは真っ赤になってふるふると震えた。

「怪我をしなくて……本当によかった」

ランドールが吐息のようなかすれた声で囁くから、ソフィアは彼の息のかかる耳を
押さえて、心の中で絶叫した。

（し、心臓、壊れちゃいそう――！）

いったいランドールはどうしちゃったのだろう。

ソフィアはともすれば飛びそうになる意識を必死につなぎ止めながら、さっきまで
の恐怖もなにもかもを忘れて、ただただ悶絶した。

エピローグ

（まったく、とんだ茶番劇だったな）

三日月亭での騒ぎから二日。

ランドールは城の私室で報告書をまとめながら、何度目になるかわからないため息を落とした。

あの日――

ガッスールを取り押さえたあと、外に待たせていた兵士を三日月亭に入れて、ガッスールと、それから半泣きで震えている女を連行させると、ランドールはソフィアを先に帰宅させた。ソフィアはランドールの傷ついた左手を気にして、帰るなら一緒がいいと言っていたけれど、騒動の後始末をカイルひとりに押しつけるわけにもいかない。

ランドールは散らかりすぎた店内を見渡し、店主に一言告げてから、店に残っていた客を全員店の外へ追い出した。現場検証をするほど、証拠らしいものが残されているわけでもないのだが、名目上は兵士が入って現場を確認するということにしてある。

騒動を起こしたのはガッスールだが、さすがに見て見ぬふりもできないので、ランドールは迷惑料として金貨を一枚、店主に渡しておいた。

カイルは兵士とともにガッスールと女を連れて城へ向かっている。ガッスールが掴みかかっていたのは、どういうわけかキーラの侍女で、カイルはキーラの介入で侍女が逃亡することを恐れているようだった。

（キーラが邪魔をするとは思えないが……身内に甘いところがあるから、あながち的外れでもないか）

キーラの侍女が関わっているのは想定外だったが、ガッスールの証言ではっきりした。ガッスールは雇われていただけで、ソフィアの実の父親ではなかったのだ。

騒動から二日経った今日にはすっかり聴取も終えられており、あきらかになった事実は噂となって瞬く間に城中に広がった。

調べてみると、ガッスールが十六年前まで城で門番をしていたというのは嘘だった。思惑通りで、国王はひどくご満悦だ。

それどころか、つい一年前まで盗みの罪で城下にある刑務所に収容されていたようだ。本人が言うには、刑務所を出たがろくな仕事にありつけず、ギャンブルで借金まで作って、食うに困って再び盗みを働こうとしていたところにフードの女――キーラの侍女が声をかけてきて、今回の〝仕事〟を打診されたのだという。ただ嘘を言って騒いでいれば一生贅沢できる金が用意されるのだから、こんなうまい話はないと飛びついたらしい。

「愚かにもほどがある」

愚かといえば、キーラの侍女もそうだった。

キーラの侍女の取り調べは、自分に責任があると言ってキーラが譲らなかったから、キーラの指示で数名の女兵士のもとで行われた。

ガッスールに仕事を打診したキーラの侍女の名はダーラ・ホフキス。ホフキス準男爵の娘で、親類であるボートニー子爵夫人の紹介により四年前からキーラの侍女を務めていた。

ダーラはキーラに失礼ばかり働くソフィアを恨んでおり、ソフィアを陥れるために今回の件を計画したらしい。

十年前に叙勲《じょくん》とともに準男爵位を与えられていたホフキスは、今回のダーラの行動の責任を取らされて、勲章、爵位ともに没収されることとなった。

ダーラも城から追い出されることとなったが、そのときに、キーラが『かわいそうなダーラ』とさめざめと泣いていた姿を思い出して、ランドールはなんとも言えない気持ちになった。

キーラは、ソフィアを心配していたはずだ。本人もそう言っていた。それなのに、罪を犯した侍女の身を案じて泣き、さらにはダーラを見送る際に、すべてソフィアが悪いと言い出したほかの侍女を諌めもしなかった。

ランドールは、報告書を書く手を止めると、もやもやする胸の上を押さえた。

どうしてだろう。言いようのない違和感が胸の中を占めている。

キーラはソフィアに嫌がらせを受けていたと言っていた。

だが、今回のことは、キーラが直接関わっていないにしろ、キーラが雇っている侍女が起こした騒動で、その監督責任は彼女にある。国王もそう判断したから、キーラには一週間の謹慎処分が下った。

だから、キーラだって、自分に責任があることはわかっているはずだ。

それなのにキーラはソフィアに謝罪のひとつもしなかった。ランドールには殊勝な顔で謝罪に来たけれど、一番の被害者はソフィアだ。

どうしてソフィアに謝らないのだろう。

(そういえば、赤ワインをかけられたと騒いでいたときもそうだったな)

城のパーティーで、キーラはソフィアに赤ワインをかけられたと言った。結果的にそれはキーラの勘違いだったが、少なくともそのせいでソフィアはランドールに糾弾された。事実確認を行わずにソフィアを責めたランドールが一番悪いが、キーラだって一言謝罪すべきだったのではなかろうか。

そんな些細な違和感が、今では胸の中で大きく膨れ上がっている。

もしかしなくとも、ランドールは重大ななにかを見落としているのではないだろうか。そんな気さえしてくるのだ。

(……ソフィアは本当に、キーラに嫌がらせをしていたのか?)

キーラは大切な従妹だ。彼女を疑いたくはない。だが、ランドールが聞いていたのはキーラの証言だけで、実際ソフィアがキーラを害するところを見たこともなければ、事実確認を行ったわけでもない。

もし、だ。

もしも、ソフィアがキーラに嫌がらせをしていたという事実がなければ――

ランドールは愕然として両手で顔を覆った。

(もしもそれが事実でなかったなら……俺は、母親を喪《うしな》って突然城に連れてこられた心細い少女を、二年半も身に覚えのない罪で責め続けていたことになるのか……)

そして、結婚後もソフィアを偽物の王女だと決めつけて――どれほど、ソフィアを傷つけただろう。

それはただの想像にすぎなかったが、一度そのことが胸を占めるといてもたってもいられなくなって、ランドールは勢いよく執務机から立ち上がった。

離縁するならソフィアに求婚したいと言っていたカイルの言葉が、どういうわけか頭の中に蘇る。

そうだ。ランドールはソフィアが偽物なら離縁すると息巻いていたが、ランドールにつらく当たられていたソフィアの方こそ、ランドールに見切りをつける可能性があったのだ。

カイルはランドールと違って快活で面白く、そして優しく誠実な男だ。カイルが本気になってソフィアに求婚すれば、ソフィアだって彼の手を取るだろう。責めてばかりで優しくない夫など、カイルと勝負にもならない。

早くソフィアに会わなくては――

ランドールは焦燥《しょうそう》に駆られて、勢いよく城の私室を飛び出した。

◇◇◇

「キーラの侍女……ダーラ・ホフキスだったかしら？　城から追放されたわよ。それどころかホフキス準男爵は爵位を没収されて、近衛の第四隊の隊長職も失ったらしいけど、どうするのかしらね。彼のお兄様は男爵だけど、キューリック侯爵領のひとつの農村地の管理を任されているだけだもの。お兄様のところを頼っても、厄介者扱いされるだけでしょうね」

相変わらずの情報収集力で、つい今朝がた城を追われたばかりのダーラ近辺の事情を調べ上げたアリーナが、情報をまとめた自作のメモ帳を開きつつ、これっぽっちも同情していない顔で言った。

三日月亭での騒動のあと、ソフィアたち三人はランドールにこっぴどく叱られた。三人そろってこってり一時間の説教を受け、ソフィアはさすがに自分の考えなしな行動を反省したけれど、アリーナとオリオンはけろりとしたものだった。

――次はばれないようにするわ。

次があるのかどうかはわからないが、そんなことを言うアリーナは間違いなく反省していない様子である。

「それにしても、見事なトカゲのしっぽ切りね」

アリーナが嘆息してメモ帳を片付ける。

「トカゲのしっぽ切り？」

ソフィアがイゾルテが入れてくれたミルクティーに口をつけながら訊ねると、アリーナはちらりとソフィアの私室と部屋続きになっている侍女の控室の扉を振り返ってから声を落とす。

イゾルテは、アリーナが来ているときは気を利かせて席を外すことが多い。今日もティーセットとお菓子を用意すると部屋の外へ出ていったが、彼女はソフィアに呼ばれたときにすぐに対応できるよう控室にいるのだ。大声で話せば筒抜けである。

「キーラよ。どう考えても、今回の事件の黒幕はキーラでしょ。侍女が単独で動くはずないじゃない。いくらソフィアのことを嫌っていても、ばれればただじゃ済まないもの。キーラの指示で動いていたと考えるのが妥当よ」

ダーラはキーラの指示で動いていたが、今回の件が露見してしまったためにキーラに全責任を押しつけられて捨てられた――それがアリーナの見立てだった。

「それにしても、今回の嫌がらせは悪質すぎるわね。噂でも、陛下が信じさえすればそれはその噂が嘘か誠かは関係ないもの。ランドールだってそう。ま、陛下はともかくランドールも信じていなかったみたいだし、結果的にざまあみろってところだけど、キーラが一週間の謹慎処分というのは軽すぎる気がするわ。……ダーラがキーラの指示だったって証言すれば違ったんでしょうけど、さすがにダーラもそれを言えば城から追い出されるだけじゃ済まなくなるだろうってわかっていたんでしょうし」

「どういうこと？」

「最悪殺されてたってことよ」

アリーナはさらりと言うから、ソフィアはギョッとした。

「まさか！」

「いや、あり得ると思うよ。キーラが侍女を使い捨てるのは、今にはじまったことじゃないし」

オリオンまでのほほんと同意した。

ソフィアは知らなかったが、ソフィアが城で暮らしていたときに受けていた嫌がらせの中で、国王に露見したものはすべてキーラの侍女の独断ということで処理されていたらしい。

「あんたは知らないだろうけど、あんたが四阿で突き飛ばされて気を失ったときと、それから階段の上から突き落とされたときはごまかしようがなかったからね。それぞれ侍女がひとりずつ解雇されてるよ」

知らなかった。階段から突き落とされたときは、オリオンが助けてくれたので大怪我には至らなかったが、それでも数段落っこちて軽く足をひねった。あのときはオリオンがおんぶして部屋まで連れ帰ってくれたけれど、その姿を見ていた人も多く、すぐに国王の耳に入ることになって、キーラの嫌がらせが露見したらしい。けれどもキーラはお得意の泣き真似で、侍女が独断でやったことだと言って国王の責任追及から逃れたのだという。

「よくそれでキーラの侍女がいなくならないね」

「そりゃ、王妃派閥の人間からすれば、キーラに近づいておきたいだろうからね。王妃もキーラも派手に国庫を圧迫してるから、そばにいればいろいろ美味しい部分もあるんだろうし」

「ああ、年々王妃と王女に割り振られる予算が増えているっていうあれね」

オリオンもアリーナもどうしてそんなに詳しいのだろう。ソフィアはさっぱりわからない。

不思議そうな顔をしていると、オリオンが苦笑した。

「一応、あんたにも予算は割り振られていたのよ？　あんたが全然使わないから、陛下があんたがここに嫁ぐときに持参金分も上乗せして派手に使っちゃったけどね」

オリオンの視線がクローゼットに向かって、ようやく国王が用意したあの大量のドレスや宝石類の出所がわかったソフィアはあきれるしかなかった。父が『これは正当なお前の取り分だ』とかなんとか言っていたが、そういうことだったのか。

「今回のことがあるから、キーラも少しの間はおとなしくしてるでしょうけど、ソフィアが城から出てもキーラがあんたをいびるのを諦めてないってのはわかったから、これからは気をつけておいた方がいいかもね」

「そうね。キーラに足元をすくわれるのは癪だもの。むしろ仕掛けてきたらそれを逆手に取ってやりたいところだけど、ソフィアはなんせ〝悪役令嬢〟だものね。なにが起こるかわからないから、用心だけしておいて、しばらくは様子見の方がいいかしらね」

アリーナの意見には大いに同意する。第一、ソフィアの目的はキーラをどうにかすることではなくて、ランドールとラブラブ夫婦になることなのだ。正直、こちらに絡んでこないのならキーラのことはどうでもいい。

アリーナのガッスール事件の調査報告も終わって、そろそろ帰宅するというのでオリオンとともに見送りに玄関へ降りる。アリーナを乗せたレガート伯爵家の馬車が去るのと入れ違いに、ヴォルティオ公爵家の紋章が描かれた馬車が見えた。

（ランドールかな？　今日は早いのね）

そんなことを思いつつ、ついでだからここで帰宅したランドールを迎えようと待っていると、お帰りなさいを言う間もなく、馬車から降りてきたランドールに手首を掴まれた。

「ソフィア、話がある」

そんなに慌てていったい何事なのだろうかと首を傾げる。

ランドールに連れられて向かったのは、花の栽培所と化している温室だった。

所狭しと薔薇や蘭が植えられていて、中にはソフィアが見たこともない珍しい植物もあった。温室を外から眺めたことはあるけれど中に入ったのははじめてで、ランドールに腕を引かれながら物珍し気にきょろきょろと視線を動かす。

奥へ向かうと、一本のオレンジの木の下に丸テーブルが置いてあった。ここが栽培所と化す前はこの丸テーブルでお茶会を楽しんでいたのだろうか。

オレンジの実はまだ緑色をしていて食べられそうにないが、色づくころにミカン狩りならぬオレンジ狩りをさせてもらえないだろうかと明後日な方向に思考を飛ばしていると、オレンジの木の下でランドールが足を止める。

「この木は、俺の両親が結婚した際に植えたものらしい。母はオレンジが好きで、結婚式のブーケにもオレンジの花を使っていた。……俺が結婚するときに、時期が合えばこの木の花を花嫁のブーケに選んでほしいと言われたことがあった気がする」

オレンジは、白くて可愛い花を咲かせるらしい。開花時期は春から初夏にかけてだそうだ。ランドールとソフィアが結婚式を挙げたのが秋だったから、花の時期も終わっていて、ブーケに使うことはできなかっただろうけど、きっと花からもいい香りがするのだろうなと、ソフィアは自分の背丈よりも大きいオレンジの木を見上げる。

ランドールがどうしてこの場にソフィアを連れてきて、そんな話をしてくれたのかはわからないけれど、彼の両親の話を知ることはヴォルティオ公爵家の一員として迎え入れられたような気がして少し嬉しい。

「……この木を植えたとき、俺の父は母に、一生君を守ると……誓ったそうだ」

ランドールはオレンジの葉に触れつつ、さっきよりも小声で言った。

(ランドールのお父さんって、ロマンチストなのね)

それは素敵な話だなとソフィアが相槌を打ちながら聞いていると、隣に立つランドールが大きく深呼吸をしたのがわかった。わずかな間のあと、真面目な顔をしてこちらに体を向ける。

「……俺も、この木に誓っておこうと思う」

「へー……、ん?」

ついランドールの昔話に相槌を打つ調子で頷いたソフィアだったが、小さく首をひねり、驚いて顔を上げた。

（今、ランドールってばなんか変なこと言わなかった？）

空耳だろうか。気のせいだろうか。ランドールを見上げると、彼ははしばみ色の瞳をじっとソフィアに向けていて――どきり、とソフィアの心臓が大きく音を立てた。

空耳じゃない。空耳じゃないなら、それは――

（ちょ、ちょっと待って！　こんなイベント知らないんだけど！　あわわわわわっ）

温室の天井から差し込む傾きかけた日差しが、ランドールの頬をオレンジ色に照らしている。その顔はいつものしかめっ面でも仏頂面でもなく、見たこともないほどに真剣だった。

「今まで、悪かった。急に城に連れてこられて王女という身分を与えられていろいろ大変だっただろうに、俺はお前につらく当たっていたと思う。結婚式のときも、途中退席したし……」

「え、あ、はい、いや、そんな気にしなくても大丈夫だけど……」

ソフィアはしどろもどろになりながら、頷いたり首を横に振ったりと挙動不審だ。

確かに疑われたり怒られたりするたびに傷つかなかったとは言わないが、ぶっちゃけランドールの尊顔を眺めているだけでかなり満たされていたから、現金なソフィアはそんなことでくよくよしたりしないのだ。

ランドールのツン要素が強いのはゲームをやり込んだソフィアはよく知っているから、彼が気を許してくれるまで時間がかかるのも知っていたし、そんなところもひっくるめてランドールが好きだから気にしなくていいと思う。

「俺とお前は結婚したし……お前は俺の妻だから、これからは態度を改めようと……お前にきちんと向き合おうと思う」

ランドールの声はどんどんしりすぼみになっていく。照れているのか、緊張しているのか。

（……照れてるのね）

見上げたランドールの頬が、夕日に照らされている以上に赤いから、間違いなく照れているのだ。ランドールが恥ずかしそうだから、それが伝染して、ソフィアまで恥ずかしくなってくる。

心臓はうるさいし、顔は熱いし、でもこんなランドールは珍しいから視線を逸らしたくないし――とソフィアが両手で頬を押さえると、なにを思ったか、ランドールがソフィアの左手を取った。

「父が誓ったように……俺も、夫としてお前を一生守ると誓う」

「へ⁉」

いったいなにが起こっているのでしょうか⁉　すっかりキャパオーバーになったソフィアが硬直していると、ランドールがその場に片膝をついた。ソフィアの手の甲に、羽が触れるような優しくて軽いキスが落ちる。

「――――――っ‼」

ボンッ、とソフィアの頭が火を噴いた。

「今までお前のことを信じてやれなくてすまなかった。これからは、俺にお前を守らせてくれ」

ランドールが真剣な顔をして王子様ばりの素敵な誓いを立ててくれたというのに、許容量オーバーのソフィアの脳は強制シャットダウンをはじめて――

「ソフィア⁉」

くてっと背後に倒れかけたソフィアを、立ち上がったランドールが慌てて支えるも、ソフィアの意識は半分闇の中。

（ああ……ランドールが、ランドールが、カッコいいよぅ……！）

がくがくとランドールに肩を揺さぶられながら、にへっと笑み崩れたソフィアはそのまま意識を手放したのだった。

特別書き下ろし番外編

王太后クレメンティンの招待

王太后クレメンティンから手紙が届いたのは、近く開催される孤児院のバザーのために、キッチンでクッキーを焼いていたときだった。

貴族令嬢や夫人は料理や洗濯、掃除など、家事一般は一切しない。ただし例外が、チャリティー用品の制作だ。例えばハンカチに刺繍をしたり、クッションを作ったり、ソフィアが今行っているようにお菓子を作って出品する。その売り上げは、例えば今回ならば、孤児院の運営費用に充てられるという寸法だ。

（理由はなんにしろ、大手を振ってお菓子が作れるのは嬉しいよねー）

ヴォルティオ公爵家に嫁いでからというもの、暇なのである。最近はよくわからないがランドールが友好的なので、前ほど必死にランドールの気を引こうとする必要もなく、オリオンとランドールとラブラブ夫婦作戦について話すことも少なくなった。

（だって一生守るって誓ってくれたもんね！　……ふ、うふふふふ……）

思い出すだけでにやけてくる。オレンジの木の下に片膝をついたランドール、すっごくカッコよかった。惜しむらくは途中で気を失ったことである。今後のためにも

〝デレ〟ランドール耐性をつけなくては。ランドールがデレるたびに気を失っていたらもったいなさすぎる。次の機会がもしあれば、脳内に永遠の残像を焼きつけるがごとく、瞬きもせずに刮目してランドールがデレている様を拝むのである。

（でもあれ以来ちっともランドールがデレないし……、はあ……）

アリーナが遊びに来てくれたりもするが毎日ではない。ソフィアは公爵家のイロハなんてわからないから、領地経営や家の雑務を手伝おうにもチンプンカンプンだし、なによりランドールが有能すぎてフォローは必要としないらしい。

ダンスやピアノなどはヨハネスに頼んで教師をつけてもらっているが、それで丸一日時間が潰せるわけもない。

だから結論——暇。

なにをして時間を潰そうかと考えていたときに、タイミングよく孤児院のバザーの話を聞き、ソフィアは飛びついたというわけだ。なにより、ソフィアの頑張りが孤児たちの生活の足しになるというのがいい。

美味しいクッキーをたくさん作って完売させて、一番の売り上げを出してやると、やる気に火がついたソフィアが、焼き上がった試作品第一号の味見をしていると、様子を見に来たヨハネスから一通の手紙を渡された。

ソフィアに手紙をくれるようなご婦人といえば、レヴォード公爵夫人ローゼくらいである。先日ローゼにチャリティーバザーに出品すると手紙を書いたから、その返信だろうか。ソフィアは手紙をひっくり返し、封蝋《ふうろう》を見て首を傾げた。

（あれ？　レヴォード家の刻印じゃない）

見たこともない刻印だった。疑問に思いつつ、キッチンにあった包丁を借りて封を開けると、ソフィアは目を丸くした。

――親愛なる孫娘へ。

それは、王太后クレメンティンからの手紙だった。


王太后クレメンティン。

現王――つまりソフィアの父の生みの母で、前王が逝去してからは離れたところにある王家の離宮で、のんびりと隠居生活を楽しんでいる……らしい。

らしい、というのは、ソフィアは今まで一度もクレメンティンに会ったことがないからだ。

過去の人間がいつまでも大きな顔をするものではないと考えるクレメンティンは、現王妃の顔を立てて、城には滅多に顔を出さないらしい。

ソフィアのことも国王が手紙で知らせてはいたが、愛妾の子供であるソフィアに会いに行けば王妃の気分を害するだろうと会いに来なかったという。それでも結婚式には参列したいと言ってくれたそうだが、ちょうど体調を崩してしまい、出席できなかったのだとか。

その祖母からの手紙。いったいどうしたのだろうかと読み進めていくと、それは、近く王都で開かれるパーティーに招待したいとのことだった。

試作品クッキーをしゃくしゃく食べながら、ソフィアはこれはランドールに相談すべき案件だなと判断する。おばあちゃんには会いたいが、勝手に返事をしたらランドールが怒るだろう。

王太后クレメンティンは、バックランド侯爵家の出身だ。バックランド侯爵はクレメンティンの弟にあたり、数年前まで宰相職にもついていた重鎮である。今では隠居して、近く息子に爵位も譲るつもりらしいが、隠居したのが嘘のように思えるほど矍《かく》鑠《しゃく》とした老人だそうだ。

「パーティーって、バックランド侯爵家であるの？」

「うん、そうみたい。ぜひ出席してくださいねって書いてあるわ」

「あー、断れないやつだね、それ」

オリオンがソフィアの作ったクッキーに「六十点」と微妙な点数をつけつつ、あっという間に数枚をぺろりと平らげる。

「端っこ焦げてて苦い」

「ちょっと焼きすぎたのよ。いいでしょ、試作品なんだから。本番はとびきり美味しいのが出来上がっているわよ」

「……つまりあれか、これからバザーまでの十日間のお菓子は、ずっとあんたが作ったクッキーになるわけね」

料理長の作る極上のお菓子がいいんだけどとぶつぶつ文句を言いつつも、オリオンの手はクッキーに伸びている。さすがに焦げたクッキーを使用人のみんなに配るわけにもいかないから、オリオンが消化してくれるのは非常に助かるところだ。その勢いで全部食べてほしい。

ソフィアも三枚目のクッキーを口に入れて、祖母の書いた達筆な手紙を眺めていると、出窓の花を活け替えていたイゾルテが、「あら」と声をあげた。

「奥様、旦那様がお戻りになったようですわ」

ソフィアの部屋の窓からはヴォルティオ公爵家の広大な庭が見渡せる。イゾルテは正門から入ってきた馬車に気づいて振り返った。

「ランドールが？　今日は早いのね」

ランドールは最近ほとんど毎日家に帰ってくるようになったが、まだ真昼間だ。いつもは夕方遅くにならないと帰ってこないのに、今日はどうしたのだろう。

ソフィアは口の中のクッキーを紅茶で流し込むと立ち上がった。ランドールをお迎えするのである。

（ふふ、なんか妻っぽい！）

これは確実にラブラブ夫婦への道のりを歩んでいるのではなかろうか。

ソフィアはクレメンティンからの手紙を手に、急いで部屋から飛び出していった。


「バックランド侯爵家のパーティーのことなら、俺も聞いている」

ランドールの帰宅を出迎えたあと、彼はソフィアの部屋にやってきた。

オリオンが退出して、イゾルテが新しいお茶を用意している間に、ランドールは王太后クレメンティンの手紙の中身を確認する。

「王太后様がこう言っているのだから、欠席するわけにはいかないな」

すると、それを聞いていたイゾルテがパッと顔を輝かせた。

「王太后様からのご招待ですものね！　ドレスを新調……」

「イゾルテ、この前買ったものもお父様からもらったものもたくさんあるわよ」

これ以上ドレスを増やされてなるものかとソフィアは待ったをかけたが、ランドールは顎に手を当てて「そうだな」と頷く。

「王太后様はなにより格式を重んじる。ソフィアの持っているドレスで王太后様のお眼鏡にかなうものはないだろう。レヴォード公爵夫人に相談して新しくそろえた方がいい」

まさかランドールがイゾルテに賛同すると思わなかった。イゾルテはパアッと顔を輝かせて、ヴォルティオ公爵家が懇意にしている仕立て屋のスケジュールを押さえると息巻いて部屋を出ていく。

イゾルテが出ていくと、ソフィアは急に不安になってきた。クレメンティンは格式を重んじる女性らしい。ソフィアは市井育ちで、城に引き取られて以降立ち振る舞いはかなり矯正されたけれど、まだまだ所作に品があるとは思えない。会った途端に幻滅されたりしないだろうか。

ソフィアが不安がっていることに気がついたのか、隣に座っていたランドールが、ぽん、とソフィアの頭に手を載せた。

「大丈夫だ。王太后様はお前を値踏みするためではなく、孫娘に会いたいから呼んだんだ。心配しなくても、普段通りでいればいい」

　これまでだったら『ヴォルティオ公爵家に泥を塗るようなことをするな』と言っていただろうランドールが優しい言葉をかけてくれる。それだけで、ソフィアの心がふわっと雲の上まで浮上した。

（ああ……優しい……）

　相変わらずあまり笑わないが、ランドールは以前よりだいぶ表情が柔らかくなった。ソフィアを見つめている彼のはしばみ色の瞳にうっとりする。

　ああ、抱きつきたい。抱きついて、控えめな彼のシトラス系のコロンの香りを胸いっぱい――いや、お腹いっぱいになるまで吸い込みたい。

「それはそうと」

　ソフィアがランドールに抱きつきたくてうずうずしていると、テーブルの上を一瞥《いちべつ》した彼が唐突に話題を変えた。

「……それはなんだ？」

「それ？　……ああっ、クッキー！」

　まだ置いたままだった。失敗したクッキーなどランドールに見られたくなかったのに。

ソフィアは慌てて隠そうとしたけれど、その前にランドールが皿の上からクッキーを一枚、ひょいっと持ち上げた。

「焦げているな」

「……ちょっと失敗したの」

渋々白状すると、ランドールが驚いた顔をした。

「ソフィアが作ったのか？」

「うん……、孤児院のバザー用の試作品」

「なるほどな」

ランドールはじっとクッキーを見つめ、「あっ」とソフィアが声をあげたときには、クッキーを口の中に入れてしまったあとだった。

「ランドール、それ、焦げてるんだってば！」

オリオンはいいけどランドールには失敗したクッキーを食べてほしくない。オリオンが聞いていれば怒りそうなことを思いつつ、ソフィアはランドールの手から、半分欠けたクッキーを奪おうとしたけれど、その前にランドールは残りも口の中に入れてしまう。

（クッキーもまともに焼けない女だったと思われたらどうしよう！）

ソフィアは青くなったが、クッキーを咀嚼して飲み込んだランドールは平然としていた。

「少し苦いが、ちゃんと美味いぞ」

嘘だ。オリオンが『六十点』と微妙な評価をしたクッキーである。

ソフィアはランドールの前からクッキーの入った皿を遠ざけようとしたが、ランドールはソフィアの手から皿ごとクッキーを奪い取る。

「腹が減っているからこれはもらっていく。お前は早くレヴォード公爵夫人に連絡をしてドレスの相談をした方がいいんじゃないのか？」

お腹がすいているなら料理長に美味しいものを用意してもらえばいいのにと言い返しかけたソフィアだったが、ランドールの最後の一言に慌ててライティングデスクへ向かうと、ローゼ・レヴォードへの手紙を書きはじめた。

＊　＊　＊

バックランド侯爵家のパーティーは、孤児院のバザーの四日後に開かれた。

毎日クッキーの試作を重ねた結果、納得のいく出来に仕上がったクッキーはバザーで人気商品だったようで、無事すべてが完売。孤児院の子供たちから感謝の手紙まで受け取って、ソフィアとしては大満足の結果だった。

バッグランド侯爵家のパーティーも、この勢いに乗って無事にやり過ごしたい。

ローゼからアドバイスをもらった、露出は控えめの淡いオレンジ色の品のいいドレスを身にまとい、ランドールとともに瀟洒《しょうしゃ》なバッグランド邸のパーティーホールに足を踏み入れる。

主催者はバッグランド侯爵だが、飾りつけの随所に王太后クレメンティンの趣味が反映されているようで、近年流行している派手なパーティーとは違い、落ち着きのある品のいい雰囲気だった。クリームイエローの薔薇があちこちに飾られている。ランドールによると、この薔薇はクレメンティンが改良した薔薇だそうだ。

王太后の実家が開催するパーティーというだけあって、招待客はそうそうたる顔ぶれだ。ランドールが挨拶をすると言うので一緒について回っていると、ホールの中央に見つけた金髪の美少女にソフィアは思わずうっとうめいた。

キーラである。キーラも王太后の孫のひとりなのでいてもおかしくないのだが、できれば会いたくなかった。

できるだけキーラの視界に入らないようにしようとランドールの影に隠れていると、

夫とともにレヴォード公爵夫人が近づいてきた。ローゼとクレメンティンは仲のいい友人同士だそうだ。

「ローゼ夫人！」

「こんばんは、ソフィア様。ドレスがよくお似合いですわ」

ローゼ夫人はおっとりと微笑んだ。腰を悪くしていてステッキを手放せないレヴォード公爵は、ランドールに向かって「妻に連れ出されたよ」と苦笑を浮かべている。いつ見ても素敵なご夫婦だ。

ランドールの挨拶回りも一息ついたようなので、レヴォード公爵夫妻と談笑していると、なにを思ったのか、キーラが当然のような顔をして近づいてきた。

「ごきげんよう、ランドール。レヴォード公爵も夫人も、いい夜ですわね」

綺麗な微笑みを浮かべて話しかけてきたキーラに、ソフィアは早くも逃げ腰だった。けれども、ソフィアが逃げ出す前に、キーラの空色の瞳がソフィアに移り、それから大げさに見開かれる。

「まあ……ソフィアったら、どうしてそのような流行遅れのドレスを着ているのかしら。王女なのだから身なりを気にしなくてはダメよ？」

ランドールの手前か、口調にはとげとげしさはないけれど、たしなめるように見せながらソフィアを思い切り非難している。

確かにキーラの身につけている真っ赤なドレスは、昨今流行しているデザインのものので、背中が大きく開いている。一方、ソフィアのドレスは、流行という観点から見れば時代遅れなのかもしれない。が、このデザインを勧めてくれたのはレヴォード公爵夫人で、グラストーナ国の伝統的なデザインをもとに作られたそうだ。

ソフィアはローゼが気分を害していないだろうかと心配になったが、社交慣れしている彼女は微笑んだままで眉ひとつ動かさなかった。しかし心の中でどう思っているかはわからない。

（キーラがいなくなったら謝らないと）

言われた自分のことよりもローゼの心中の方が心配になっていると、ランドールがそっとソフィアの肩を引き寄せた。

「キーラ、このドレスは王太后様の好きなデザインなんだ。そんなことを言うものじゃない」

すると、キーラは愕然とした表情でランドールを見上げた。おそらくだが、ランドールに叱責されると思っていなかったのだろう。ソフィアの肩を抱くランドールの手と彼の顔を何度も交互に見つめて、キーラはきゅっと唇を噛んで俯いた。

「そんなつもりじゃ……、わたくしはただ、ソフィアが恥をかかないように……」

そうして泣きそうに睫毛を震わせるあたり、キーラは役者だと思う。前世で演劇部だったソフィアも真似できない名演技だ。単純に感心する。

「おばあ様が好きなデザインを着ればいいってものではないでしょう？　わたくしは王女としての品格の心配を……」

「品格ならあなたの方が問題ですよ、キーラ」

ふいに響いた第三者の声に、ソフィアはハッと顔をあげた。

襟の詰まったえんじ色のドレスを品よく着こなし、コツコツと杖をつきながらもピンと背筋を伸ばして歩いてきたのは、白に近い金髪のエレガントな老婦人だった。やや釣り上がり気味の眉が神経質そうにも見えるけれど、サファイアのような綺麗な青い瞳には温かそうな光が宿っている。

「なんですか、そのような格好で。こんなに背中を出して」

そう言いつつ、ステッキの先でキーラの背中をぺしりと叩く。

キーラは悲鳴をあげた。

「お、おばあ様！　あんまりです」

「あんまりなのはあなたですよ。そんな派手な格好をして、背中と胸元をこんなに出して。グローブをきちんとおはめなさい！　堂々と素手をさらすなど何事ですか！」

「おばあ様、このドレスは今の流行の……」

「流行がなんですか。あなたは裸で歩くことが流行ならば裸で歩き回るというのですか。王女として恥ずかしい行動を取るのではありませんと何度言えばわかるのです。今すぐに着替えていらっしゃい。それができないのであれば帰っていただいて結構」

（こ……怖っ）

孫娘に対して容赦がなさすぎる。

キーラが演技ではなく本気で泣きそうになっているのは、はじめて見た。このおばあ様は敵に回さない方がいい。絶対に。

さすがのランドールも口元を引きつらせて黙り込んでいる。

よく考えてみると、王弟の息子である彼も、王太后クレメンティンの孫だった。苦手なのだろうか、先ほどから視線を合わせようとしない。

キーラが泣きそうな顔でパーティーホールから出ていくと、クレメンティンは「嘆かわしい」と嘆息して、それからついと視線をランドールへ向けた。

「お久しぶりですね、ランドール」

「お久しぶりです、おばあ様」

ランドールの声が小さい。すると、クレメンティンは片眉を跳ね上げて、コツンッとステッキの先で床を叩いた。

「しゃきっとなさい！」

やっぱり怖い。

ランドールがなにも言い返せず謝罪しているのを見てソフィアはゾッとする。ランドールでさえ怒られるのだから、ソフィアが怒られるのは間違いない。どうしよう。

ソフィアは真っ青になったけれど、黙って事の成り行きを見守っていたローゼが、ぽんっとソフィアの肩を叩いた。

「お久しぶりでございますが、お元気そうでなによりですわね、王太后様」

ローゼに話しかけられて、クレメンティンの意識がそちらへ向いた。その隙に、ランドールが二歩ほど王太后から距離を取る。

「ローゼもお久しぶりですね。レヴォード公爵も腰の具合はいかがかしら」

「こうして妻と出歩けるほどには回復していますよ」

レヴォード公爵もにこやかに応じる。

クレメンティンのあの剣幕を見たあとで笑顔を崩さないふたりを、ソフィアは心底尊敬した。自分なんて、口元が引きつってまともに笑顔を作れていないのに。

頼むから怒られませんようにと戦々恐々としているソフィアに、クレメンティンの青い瞳がついと向く。心の中で『ひっ』と悲鳴をあげて、ソフィアはピンと背筋を伸ばした。

ここは先に挨拶せねば。黙っていたら怒られるに違いない。

ソフィアはぎくしゃくとドレスの裾をつまんで、ぎこちないカーテシーをした。

「はじめまして、おばあ様。ソフィアです」

「ええ、はじめまして。ようやくお会いできましたね。でも、重心がぶれていますよ。もう一度やり直しなさい」

さっそくぴしゃりと注意を受けて、ソフィアは慌ててもう一度カーテシーをする。震えないように気をつけて、先ほどよりも深めに腰を下げれば、「まあいいでしょう」とクレメンティンからの及第点をもらい、ホッとして顔を上げる。

クレメンティンはじっとソフィアの顔を見つめて、それから目元を細めて微笑んだ。その笑みが滅多に見られないランドールの笑顔に似ている気がする。さすが血のつながった祖母と孫だ。

「陛下からあなたとランドールを結婚させると聞いたときは驚きましたが、先ほどの様子を見る限り、陛下は英断をなさったようね」

「え、と……」

どういう意味だろうかと首をひねっていると、クレメンティンからホールの端に用意されているソファ席へ誘われた。年配の招待客も多いため、ホールの壁際には多くの休憩用の席が設けられているのだ。

ランドールは一瞬だけ嫌な顔をしたが、強い祖母に逆らえるはずもなく、ソフィアたちはレヴォード夫妻と別れてソファ席へ移動した。

すかさず給仕がティーセットを用意する。クレメンティンは優雅にティーカップを傾けたあとで、穏やかに言った。

「本当はもっと早くにお会いしたかったのですけど、城に引き取られたばかりのあなたを離宮に呼びつけて年寄りの相手をさせるのもどうかしらと思っていたら、こんなに時間が経ってしまったわ。ご挨拶が遅くなってごめんなさいね」

「いいえ、そんな……こちらこそ、お伺いしなくて……」

「いいのよ。第一、陛下が出すはずないもの。あの子の幼少期に怒りすぎてしまってね、わたくしのことを陰でくそばばあと呼んでいるくらいなの。大切なあなたをそのくそばばあに預けるはずがないわ」

ぷっと声がしたので隣を見れば、ランドールが吹き出していた。クレメンティンにじろりと睨まれて慌てて居住まいを正したけれどあとの祭りである。

（でも、まあ……あの勢いで毎日怒られればくそばばあって呼びたくなる気持ちも……わからないでもないかも。それが本人にばれている時点でどうかと思うけどね）

あのキーラを撃退できる強さである。キーラよりも気弱な国王は、逆らうことすらできなかったに違いない。

「あなたは城に引き取られる前まで、いろいろと大変な思いをしてきたようだから心配していたのですけど……、その様子を見る限り、まっすぐ育ってくれているようで嬉しいわ。ローゼが言う通り、リゼルテはいい母親だったようですね」

母のことを褒められてソフィアが思わず笑みを浮かべると、クレメンティンもにこりと微笑んだ。

「そうそう、孤児院のバザーに参加したそうですね。ローゼが楽しそうに教えてくれたのだけど、素敵なことをしましたね。これからも機会があれば参加なさい。わたくしも夫が生きていたころは暇を見つけては参加していたのだけど、今の王妃やキーラたちはそういうことに興味を示さなくて、ここ何年も城からは誰も出ていなかったものですから、ぜひあなたには頑張ってほしいわ。バザーは楽しかった？」

ソフィアはパッと顔を輝かせた。

「はい！　とっても！　販売したクッキーも完売で、孤児たちからお手紙をもらったんですよ！　今度遊びに来てくださいって。……あ、もしかして遊びに行かない方がいいですか？」

「あらどうして？　かまいませんよ。子供たちと泥んこになって遊ぶことは推奨しませんが、羽目を外しすぎなければ、むしろ率先してお出かけなさい。次代を担う子たちの様子を知ることも王族の務め。そうして知ったことを王に進言することは、女ができる政のひとつです」

「……おばあ様、ソフィアはすでに俺……私と結婚していますから、王女として政に関わる必要は……」

「お黙りなさい。それにあなたは今やヒューゴに次ぐ王位継承権を持っているのですよ。将来どんなことがあってもいいように、身構えておかなくてどうします」

「……はい」

ランドールがしおしおと黙り込んだ。何事にも動じないランドールが、もうじき齢八十にもなる王太后の前では形なしである。

「ヒューゴはまだ結婚もしていませんからね。これであなたたちの間に子供でも生まれれば、わたくしも安心して夫が待つ天に旅立てるのですけれど」

「……へ？」

「へ、ではございません。ソフィア、なにを間抜けな顔をしているのですか。わたくしに早くひ孫の顔を見せてくれるのもあなたの務めですよ」

（ひ孫⁉）

とんでもないところへ飛び火して、ソフィアは赤くなっていいやら青くなっていいやらわからなくなっておろおろした。

ソフィアはまだ十六歳だ。十六歳なのに子供を切望されても困る。前世と違ってこの世界は結婚も出産も早いけれど、いくらなんでも早すぎる。

（あわわわわわっ、ランドールとキスもまだなのに、なんつーことを言い出すの、このおばあ様は！）

ランドールも予想をはるかに超えることを言われて完全にフリーズ状態になっている。

そんなふたりの様子に、王太后はころころと笑いだした。

「あらあら初々しいこと」

（からかわれた⁉）

なんだ冗談かとホッとしていると、クレメンティンはまだ凍りついているランドールを一瞥したのち、ちょいちょいとソフィアを手招いた。内緒話をするように口を近づける。

「いいですか、ランドールはどうも朴念仁なきらいがあって、こと女性に関しては行動力が伴いません。あなたが引っ張るのですよ」

「はい⁉」

「まあ、いいお返事。どうやら心配する必要はなかったようですね」

王太后は満足げに大きく頷いて、それから多方面に挨拶をすると言って席を立った。

残されたソフィアがランドールに視線を向けると、目が合った彼は、頬に朱を走らせてパッと視線を逸らす。

（やめてよ！　照れないでよ！　わたしまで恥ずかしくなるじゃないっ）

夫婦でいればいつかはランドールとの間に子供が生まれる日も来るかもしれない。でもそれは今ではない。というかもっとランドール耐性がついてからでないと、そういうことになった時点で気を失う自信がある。それはもう、一瞬だ。間違いない。

「お、おおお、おばあ様って、お茶目な方ね、あ、ははは……」

ソフィアがぱたぱたと意味もなく目の前で両手を振りながら乾いた声で笑えば、ランドールがちらりとソフィアを見て、それからやっぱりすぐに視線を逸らした。

「……まあ、結婚したんだから……そういう話が出ても、おかしくはないだろう。母上からも催促の手紙が来ていたし……」

「へ⁉」

「なんでもない」

ランドールは今、とんでもないことを言わなかっただろうか。

(お義母《かあ》様から催促⁉ なにそれ知らないわよ！)

祖母のみならず、義母からも子どもの催促が入っていたなんて。ランドールがその気になったらどうしよう。

(無理、無理無理無理無理無理、たぶんランドールの色気にやられてショック死する‼)

うっかりランドールとのあれこれを想像してしまったソフィアは、真っ赤になって鼻の下を押さえた。鼻血が出るかと思ったのだ。

(よかった、鼻血出てない！ じゃない！ やっぱりよくない！ なにか違うことを考えないと、マジでまた気絶するっ)

ソフィアはダンスホールに視線を向けて、勢いよく立ち上がった。

「ダンス！ ダンスしない？ ね？」

これで余計な妄想から離れられると思ったものの、ダンスは密着するものだと気づいて真っ赤になる。

前回の城でのパーティーのときでさえドキドキしたのに、頭が沸騰しそうな今ダンスをしたりしたら、どうなるか想像に難くない。

（しまったあ！）

慌てて前言を撤回しようとするものの、誘われたランドールが立ち上がってソフィアの手を引いてしまった。

「ワルツか。このテンポなら大丈夫そうだな」

ソフィアがアップテンポで足をもつらせそうになったことを思い出したのだろう。確かに今流れているスローテンポならば安心して踊れる――じゃない！

（むりぃ――‼）

ダンス中に気を失ったらどうなるのだろう。

（……ああ、たぶん、おばあ様からこっぴどく怒られるんだろうな……）

すでに心臓バクバクで失神寸前のソフィアは、切実に、可及的速やかに、〝デレ〟ランドール耐性を獲得しなければと心に誓ったのだった。

完

あとがき

本作をお手に取ってくださり、ありがとうございます。狭山ひびきです。

昨年、ベリーズファンタジーで幼女&もふもふ&ドラゴンが登場する魔法ファンタジーを書かせていただきましたが、今度はベリーズ文庫にお邪魔しております‼

あとがきを書いている現在、我が家の白梅がぽつりぽつりと咲きはじめていて、春の訪れを感じておりますが、こちらが出版される頃は桜が綺麗に咲いて（早ければ散って）いる頃でしょうか。ああ、桜見ながら日本酒が飲みたい（ついでにお団子も食べたい）。

さて、本作はWEB小説を改稿した作品でございますが、WEB版をお読みいただいたことがある方は「あれ？　ランドール……？」な状態かもしれません。WEB版ではもっとツンツンしているランドールですが、ツンが強すぎるので書籍版ではもっとマイルドになっております（これでもマイルドじゃないという方……すみません。まだましなんですよ、これでも）。ちなみにWEB版のこの作品を書くにあたって、スマホの乙女ゲームをプレイしてみたのですが、事前調査をせずに何となくで選んでダウンロードしたため、悪役令嬢は登場しませんでした（でも面白かった）。なので、本作で書かせていただいている乙女ゲーム『グラストーナの雪』は完全に作者の妄想です。意外と細々とゲームの設定を作ったので、いつかお目見えしたいような気がしないでもないですが（……でもその場合ヒロイン、キーラだし。うん、無理かなあ）。

本作のヒロインは「悪役令嬢」なソフィアですが、イラストを担当してくださった雪子先生の描くソフィア、めっちゃ可愛くないですか？　想像をはるかに凌駕する激かわソフィアに狂喜乱舞、イケメンなランドールに心の中のクラッカーをパンパンと鳴り響かせた次第でして……いやあ、ＷＥＢ版だと圧倒的にカイル人気が高かった気がするんですけど、きっとこれでランドール人気も上がるはずだと確信しております。

さて、そろそろあとがきページも埋まってきましたので、最後にお礼を述べて締めさせていただければと思います。まず、素敵なイラストを描いてくださいました雪子先生、担当様をはじめ、この本の出版に携わってくださいました皆々様、誠にありがとうございました。そして何より、本作をお手に取ってくださった読者の皆様、心からお礼もうしあげます！

それでは、またどこかでお逢いできることを祈りつつ。

狭山《さやま》ひびき

狭山ひびき先生への
ファンレターのあて先

〒104-0031
東京都中央区京橋1-3-1
八重洲口大栄ビル7F
スターツ出版株式会社　書籍編集部　気付
狭山ひびき先生

本書へのご意見をお聞かせください

お買い上げいただき、ありがとうございます。
今後の編集の参考にさせていただきますので、
アンケートにお答えいただければ幸いです。

下記URLまたはQRコードから
アンケートページへお入りください。
https://www.berrys-cafe.jp/static/etc/bb

不遇な転生王女は難攻不落なカタブツ公爵様の花嫁になりました

2022年4月10日　初版第1刷発行

著　　者　狭山ひびき

発 行 人　菊地修一
デザイン　カバー　ナルティス
フォーマット　hive & co.,ltd.
校　　正　株式会社　文字工房燦光
編集協力　妹尾香雪
編　　集　須藤典子
発 行 所　スターツ出版株式会社
〒104-0031
東京都中央区京橋1-3-1　八重洲口大栄ビル7F
TEL　出版マーケティンググループ　03-6202-0386
（ご注文等に関するお問い合わせ）
URL　https://starts-pub.jp/
印 刷 所　大日本印刷株式会社

Printed in Japan

ISBN 978-4-8137-1251-0　C0193

ベリーズ文庫 2022年4月発売

『いっそ、君が欲しいと言えたなら～冷徹御曹司は政略妻を深く激しく愛したい～』 玉紀直《たまきなお》・著

洋菓子店に勤める史織は、蒸発した母が大手商社の当主・烏丸と駆け落ちしたことを知る。一家混乱の責任を取り、烏丸家の御曹司と政略結婚することになった史織は愕然。彼は密かに想いを寄せていた店の常連・泰章だった。表向きは冷徹な態度をとる彼だが、ふたりきりになると史織を甘やかに攻め立てて…。

ISBN 978-4-8137-1246-6／定価704円（本体640円＋税10%）

『極秘出産でしたが、宿敵御曹司は愛したがりの溺甘旦那様でした』 黒乃《くろの》 梓《あずさ》・著

令嬢の実亜はある日、病床の父に呼ばれて行くと、御曹司・衛士がいて会社存続のため政略結婚を提案される。実は彼と付き合っていたがライバル会社の御曹司だと知って身を引いた矢先、妊娠が発覚！　秘密で産み育てていたのだ。二度と会わないと思っていたのに子供の存在を知った彼の溺愛が勃発して…!?

ISBN 978-4-8137-1247-3／定価715円（本体650円＋税10%）

『義兄の純愛～初めての恋もカラダも、エリート弁護士に教えられました～』 葉月《はづき》りゅう・著

短大生の六花は、家庭教師をしてくれている弁護士の聖に片想い中。彼に告白しようと思った矢先、六花の母親と彼の父親の再婚が決まり、彼と義兄妹になってしまう。彼への想いを諦めようとするも…「もう、いい義兄じゃいられない」――独占欲を露わにした彼に、たっぷりと激愛を教え込まれて…。

ISBN 978-4-8137-1248-0／定価726円（本体660円＋税10%）

『【ベリーズ文庫溺愛アンソロジー】極上の結婚3～帝王&富豪編～』

ベリーズ文庫の人気作家がお届けする、「ハイスペック男子とのラグジュアリーな結婚」をテーマにした溺甘アンソロジー！　ラストを飾る第三弾は、「若菜モモ×不動産帝王との身ごもり婚」、「西ナナヲ×謎の実業家との蜜月同居」の2作品を収録。

ISBN 978-4-8137-1249-7／定価726円（本体660円＋税10%）

『冷徹ドクターは懐妊令嬢に最愛を貫く』 一ノ瀬《いちのせ》千景《ちかげ》・著

製薬会社の令嬢ながら、家族に疎まれ家庭に居場所のない蝶子。許嫁でエリート外科医の有島は冷淡で、委縮してばかり。ある日有島にひと目惚れした義妹が、彼とは自分が結婚すると宣言。しかし有島は「蝶子以外を妻にする気はない」と告げ、蝶子を自宅へと連れ帰りウブな彼女に甘い悦びを教え込み…!?

ISBN 978-4-8137-1250-3／定価715円（本体650円＋税10%）